グルメ警部の美食捜査2

謎の多すぎる高級寿司店

斎藤千輪

文芸文庫

○本表紙デザイン＋ロゴ＝川上成夫

Contents

1

謎の多すぎる高級寿司店

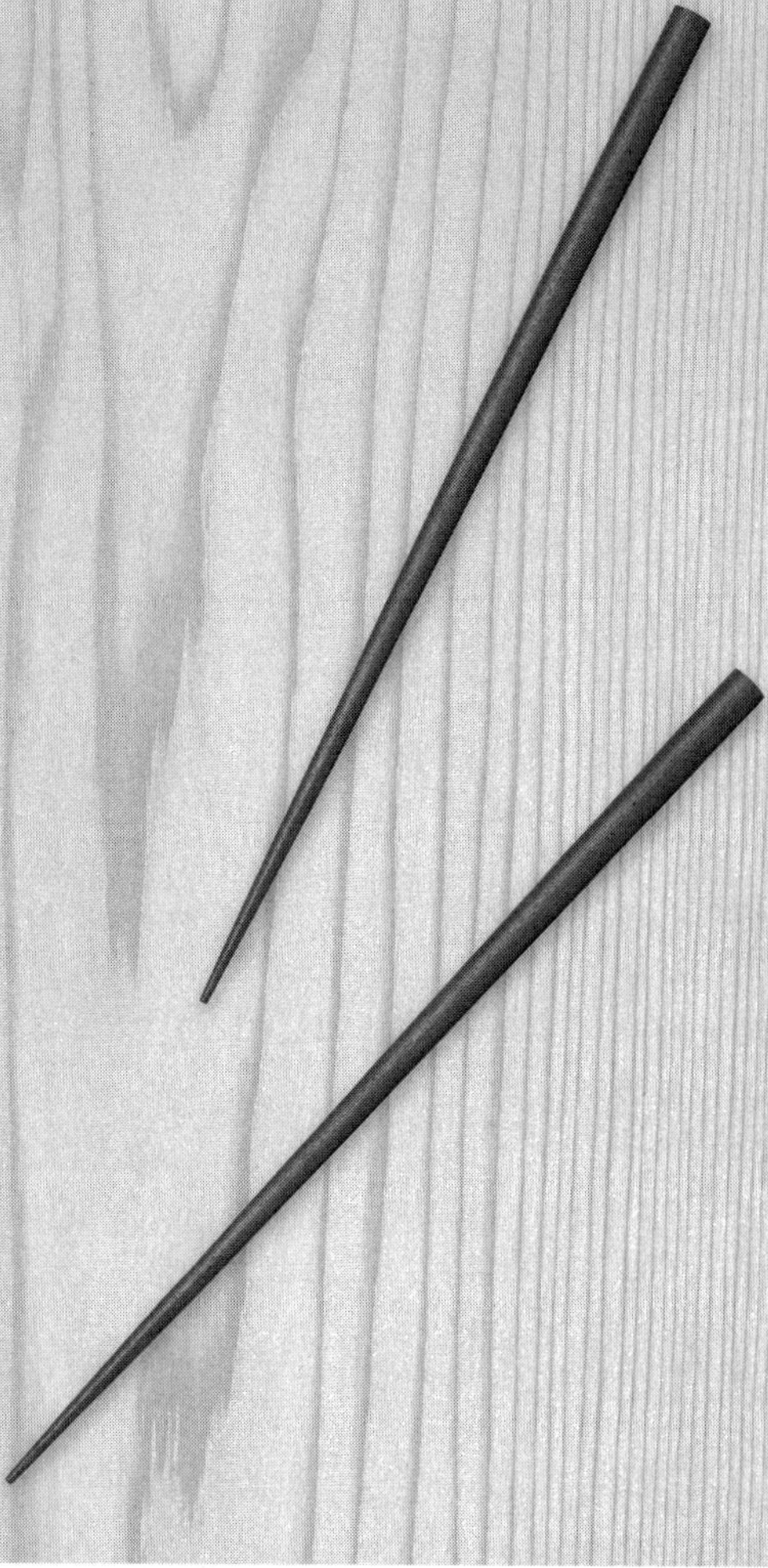

「では、アジからいきやす。醤油《しょうゆ》はつけずにそのままどうぞ」

短髪で着流し姿の大将が、年齢の割には皺《しわ》の少ない長い指で、握《にぎ》り寿司《ずし》をそっと置いた。

右端にガリが山盛りされた板の真ん中に、シャリを覆《おお》い尽くすほど肉厚なアジの切り身が、青みを帯びた光を放っている。細かく切れ目を入れた桃色の身の中央を、芽ネギと大葉、生姜《しょうが》を細かく刻んだ薬味が彩り、うっすらと醤油がまぶされている。

「うわー、キレイ。美味《おい》しそう……」

燕《つばめ》カエデは、芸術的とも言えるアジの握りにしばし見とれていた。

「カエデ、出されたら即座に食べたまえ。それが江戸前寿司に対峙《たいじ》する際の心構えだ」

カウンターの左隣に座るグルメ警部こと久留米斗真《くるめとうま》が、黒縁メガネ越しの鋭い視線をカエデに注《そそ》ぐ。警部の盛り板を見ると、とっくのとうにアジの握りは彼の口内に吸い込まれている。

「うむ、相変わらず大将の仕事は素晴らしい。他に類を見ない美味しさだ」

「久留米さん、いつもありがとうございやす」

一見強面《こわもて》だが、目元はやさしげな大将が警部に会釈《えしゃく》を寄こす。

カウンター席が十二席だけの、古びてはいるが清潔感の漂《ただよ》う木造りの小さな寿司屋。年季の入った白木のカウンター。なかなか来ることのない本格的な寿司屋にいるカエデは、緊張もあって寿司になかなか手を出せずにいた。

「いいかカエデ。君にとっての寿司とは、常に回っていて若干乾燥気味のもののようだが、それと本格的な江戸前寿司は別物だと思ったほうがいい。僅《わず》かな時間でも放置しておくと、シャリもタネもダレてきてしまう。シャリをふんわりと握るための、計算され尽くした空気感も台無しになる。むろんタネの乾燥も進む。ゆえに、スマホで写真を撮ってから食べる、なんて邪道《じゃどう》も邪道。いや、寿司に対する冒瀆《ぼうとく》だぞ」

警部が言い終えると同時に、カシャ、とスマートフォンで写真を撮る音が響いた。カエデの右隣にいる小林幸人《こばやしゆきと》だ。

「……先輩、もう撮っちゃいました」

小林は目元に悲壮感を滲《にじ》ませている。

「小林……。君も〝寿司は回っているもの派〟だったな。ここでは撮影禁止だ。以後気をつけてくれ」

「はっ」と座ったまま小さく敬礼する小林。茶色がかった長めの髪にネルシャツ＆コットンパンツ。チャラ男風の彼だが、実は警視庁・強行犯捜査係の巡査部長。同じく警視庁の警務部に籍を置くグルメ警部とは、かなり親しい間柄だった。

「ふたりとも、早く食べたまえ。タネの重さでシャリが沈んでしまう前にな」

「い、いただきます」

カエデは意を決してアジの握りをつまみ、ひと口で頬張る。

……思わず言葉を失った。

酢で締めてなどいない肉厚のアジは、ほどよい弾力で臭みなど一切ない。トロリとしたコクのある脂と、さっぱりとした薬味が一体となり、とてつもないハーモニーを醸《かも》し出す。

酸味の少なめなシャリは、米のひと粒ひと粒がしっかりとした存在感を発し、噛《か》むとホロリと口内で崩れていく。タネとの相性は言わずもがなだ。これまで食べていたアジの握りとは、味のレベルが各段に違う。

「ふわぁ……美味しい。ひと口で食べちゃったけど、サイズ感もバッチリですね」

ため息と共にカエデが言うと、グルメ警部が小さく微笑《ほほえ》む。

「当たり前だろう。大将が食べる人に合わせたサイズで握るからだ。そこまで気を配るからこそ、ここは名店と呼ばれているんだよ。それなのに、銀座《ぎんざ》あたりの高級店と比べたら格段にコスパがいい。この私が確保した寿司屋の中でも、最上級に値する店なんだ」

ちなみに、グルメ警部が飲食店に対して言う「確保」とは、「お気に入り」を意味している。

「恐れ入りやす」との大将の小声を、右から発せられた大声がかき消した。

「ウマいっ！　なにコレ本当にアジ？　酸っぱくないし固くもない！」

「小林、頼むから静かに味わってくれ」

猪口《ちょこ》で熱燗《あつかん》を飲んでいた警部が、「大将、申しわけない」と謝った。

「まあ、よろこんでもらえて光栄ですわ」

大将が寛容《かんよう》な笑顔を見せる。

周囲の客たちも、苦笑交じりで小林を見守っていた。

「熱燗の日本酒と新鮮なタネの握り。最強の組み合わせですねえ」

小林は周りの視線など意に介さず、満足そうに酒を飲んでいる。

「熟成された魚のアミノ酸と日本酒の酸性が混ざり合うと、僅かな臭みなども完全に中和されて、純然たる旨《うま》みだけが残るようになっているんだ。江戸時代の屋台から発祥した寿司は、日本が誇るべき食文化なのだよ」

「なるほどー。日本の魚、最高！　酒も最高！　乾杯！」

すでにほろ酔いの小林が、警部に猪口を掲げてみせる。

「確かに、日本ほど魚を美味しく食べる国はないかもしれないな。日本の漁は魚の処理法に長《た》けているんだ。怠《おこた》ると生臭くなる血抜きや活《い》け締《じ》めを、しっかりと施《ほどこ》している。鮮度のいい魚を遠方に届ける流通網も、日本はほぼ完璧《かんぺき》だ。だからこそ、しっかりと仕事をした生魚と日本酒の組み合わせは、他に類を見ない旨みを形成するんだ」

ガリをつまみつつ説明する警部に、下戸《げこ》のカエデも大きく頷《うなず》いてみせた。

「濃厚な緑茶ともすごく合いますよ。ここのお寿司なら、いくらでも食べられそう」

「あい、二番さんアガリ差し替え」

大将の声が飛ぶ。ほっそりとした割烹着《かっぽうぎ》姿の女将が、素早く熱々のお茶を運んできた。ぬるくなっていたカエデの湯呑みと交換する。

「ありがとうございます」

「どうぞごゆっくり」

ゆったりと微笑んで立ち去る、老齢の女将。この店は、大将と女将がふたりで営む、東京・下北沢《しもきたざわ》の老舗《しにせ》寿司屋。グルメ警部が定期的に通う店で、今夜は後輩の小林とお抱え運転手のカエデを伴って来たのだ。

予約は一切受けないので、毎晩、五時には人が並ぶという。五時半に店が開くと十二人だけが入れるが、それ以外は待機状態。誰かが席を立つのを店前で待つしかない。今も数名が待っているはずだった。

この日カエデは、愛車のミニクーパーで霞《かすみ》が関《せき》の警視庁へ警部たちを迎えにいった。「たまには寿司でも食べていくか」と警部に誘われ、狂喜乱舞《きょうきらんぶ》したくなる心を落ち着かせ、安全かつスピーディーに下北沢を目指した。近くの駐車場に愛車を停めて店に駆けつけたときは、すでに八名ほどが民家の一階にあるこの店に並んでいたが、ギリで滑り込めたのだ。

「お次、本マグロの漬けでございやす」

大将がいかにも熟成度の高そうな赤身の漬け握りを板に置く。

今度は観察などせず、即座に寿司をつまむ。

ねっとりとした赤身の旨み、染み込んだ醤油ダレと生ワサビの辛みが、カエデの舌を飛び上がらんばかりに歓喜させる。

美味しい……。感動で泣きそうなくらい美味しい……。

「ウマい！」とまた小林が叫び、「しっ！」とグルメ警部に窘《たしな》められる。

「すんません。でも、マジでウマいっす。そこらで食べるトロよりウマいかも。先輩、赤身って奥が深いんですねえ」

「ここでマグロといえば赤身を意味する。かつては腐りやすかったため〝下魚《げざかな》〟と呼ばれたトロはお任せに組み入れないのが、江戸前寿司を謳《うた》うこの店のこだわりだ。もちろんトロだって頼めば握ってくれるけど、私は赤身を激しく推したいね。しかもここのマグロは、大将自身が市場で目利きした本マグロ。水っぽいスーパーのマグロとは別の魚みたいだろう？」

「ですです」

「もう、美味しすぎますよ……」

警部の解説と小林の雑な相槌《あいづち》を聞き、カエデはうっとりとささやく。

ああ、幸せ……。

瞬時に溶けていった漬けマグロの美味しさを反芻《はんすう》しながら、カエデは食に関する事件ばかり追う警部の運転手兼助手になれたことに、心の底から感謝していた。

久留米斗真警部、三十歳。警視庁のキャリア組。父親は久留米孝蔵《こうぞう》。孝蔵は国家公務員の中でもトップクラスの重要ポストである、警察庁長官を務める人物だ。母親の絹子《きぬこ》はとある財閥家系のお嬢様で、大手宝石店を経営している。

そんなVIPな両親を持つグルメ警部は、筋金入りの御曹司《おんぞうし》。「大事な長官のご子息を危険な現場には行かせるな」と周囲が忖度《そんたく》した結果、人事を取り仕切る内勤の警務部に配属されたらしい。

しかし、当の警部は現場で捜査をしたくてたまらない。そこで、自分が興味を引かれた事件だけ、隠密《おんみつ》かつ自前で捜査できるという、ガス抜きのような自由が認められていた。

彼とひょんなことから知り合ったカエデは、底なしの胃袋の持ち主だ。

その、いくら爆食いしても太らない特異体質と、何でも美味しそうに食べる大らかな性格を、警部はいたく気に入ってくれた。そして、カエデが人を乗せて走れる第二種免許の所持者で、タクシー運転手だった亡き父譲《ゆず》りのドライブテクニックを持つと知るや否や、短大卒で就職浪人となりアルバイトを転々としていた彼女を、個人運転手として雇《やと》ってくれたのだ。

カエデの母親が神奈川県警の生活安全課に勤務する警部補であることもあって、

捜査の助手として現場に同行させてくれることも多々ある。

　本当は自分も警察官になりたかったのに、百四十八センチのチビッコだったため、百五十センチ以上という身長制限で警察官を諦《あきら》めたカエデにとって、大好きな運転をしながらワトソンのように警部のお供ができる今の仕事は、まさに夢のような環境だった。

　とはいえ、警部は食にまつわる事件ばかり追うので、レストランやパーティーに潜入《せんにゅう》する機会が多い。男性ひとりで入るよりも、女性の連れがいたほうが誤魔化《ごまか》しやすいから自分を雇ったのではないかと、カエデは密《ひそ》かに思っている。その証拠に、今着ているジョーゼット素材の紺のパンツスーツと高級パンプスは、警部がカエデに買い与えたものだ。

　それまでジーンズに着古したニットがトレードマークだったカエデにとって、目玉が飛び出るほど高価な買い物だった。しかも警部は、四色あったスーツを全色買い取り、「毎日洋服を選ぶことでエネルギーを消費させないように、この四着を着回してほしい」と、まるでスティーブ・ジョブズのような言葉をのたまったのだ。

　実際、警部の高級スーツやシャツも、同じものを何着も買い揃《そろ》えて着回しているらしい。メガネは高級ブランドのトムフォード。時計はオメガを愛用している洒脱《しゃだつ》な人なのだけど……。

　彼は超がつく美食家で、変わり者なのである。

　最初は戸惑《とまど》ったカエデだが、意外と正義感が強くて頭の回転も速く、美味しい店に同行させてくれる警部に、尊敬の念と好意を抱くようになっていた。

「好意、といっても恋愛感情じゃないから。人としての好意だからね」と思い込んでいるのは、アニメやゲームの推しがいれば満足で、リアル恋愛経験なしの非モテ女子だったせいかもしれない。


「あいお待ち。コハダです」

　続いて大将が握ったのは、アジ同様に肉厚で、ほどよく締められたコハダ。酸味の強い光ものが苦手なカエデでも、ペロリとイケる逸品《いっぴん》だ。

　さらに、皮目を香ばしく炙《あぶ》ったマダイ。スダチと塩で食べる柔らかなスミイカ。甘めのツメがクセになる江戸前の煮ハマグリ。昆布でしっかりと風味をつけたヒラメの昆布締《こぶじ》め。プリプリの食感が楽しめる生の車海老。歯ごたえと脂ののり具合が絶妙なシマアジ。臭みなど皆無《かいむ》の新鮮な赤貝。柚《ゆず》がほんのりと香るボリューミーな煮アナゴ――。

飛び切り美味な握り寿司が次々と板に載り、瞬時に各自の胃袋へと消えていく。

締めとして登場したのは、濃いめに味つけされたかんぴょうと、強めのワサビが決め手のかんぴょう巻き。それから、海老のすり身が入った重量感のある玉子焼きだ。お代わりがしたくなるほど魚介出汁《だし》の効いた潮汁《うしおじる》も全部飲み干して、お任せコースが終了した。

「カエデ、足りなかったら追加で頼んでもいいんだぞ」

自分の大食いっぷりを知り尽くしている警部。なんて気前がよくて気配り上手なんだろう。変わり者だけど。

「……警部、本当にいいんですか？」

「先輩、オレも便乗《びんじょう》アリですか？」

おそらく、雨に打たれた子犬のような目をしていたカエデと小林。警部はふっと笑い、「好きなだけどうぞ」とありがたく承諾してくれたのだった。

カエデがさらに十貫、小林が五貫ほど追加注文をしているあいだに、グルメ警部の左隣の席が空《あ》いた。そこに座った客は警部の顔見知りで、この寿司屋の常連だった。

「おお、久留米くん。ご無沙汰だね」

「ヤマケンさん。今夜はおひとりですか？」

「そう。ここでさくっと食って、飲み屋を何軒かパトロールしてから店に出ようと思って。俺の場合、出勤は夜十一時すぎだから」

警部が「ヤマケンさん」と呼んだのは、ロマンスグレーで派手な柄シャツがやけに似合う老人だ。本名は山田健互《やまだけんご》。下北沢でバーを数軒経営しており、この界隈《かいわい》の飲食店では相当な事情通らしい。

早速、大将に「熱燗。握りはお任せ」と注文したヤマケンは、警部に早口で話しかけた。

「ちょいと聞いてくれよ。このあいだ、うちの近所で奇妙なことがあってさ。久留米くんなら何かわかるかもしれないと思うんだけど……」

「奇妙なこと？」

食後のお茶を啜っていた警部が、奇妙、のひと言に食いついた。

「そう。俺、家は池尻《いけじり》のほうにあるんだけどね。二年くらい前だったかな、近くに高級寿司屋ができたんだ。看板のない小さな店。店構えもチラッと見えた内装もえらく高級感があって、献立はひとり五万円のお任せコースのみ。だけどさ、客が入ってるとこ、ほとんど見たことないんだよ。すぐ潰れるだろうって踏んでたら、今も続いてるんだな。まずはそれが不思議」

「なるほど……」と腕を組んだ警部の瞳が明るく光っている。食が絡《から》む謎や事件が、彼の大好物なのである。

「それだけじゃない。ついこのあいだ、その店から滅多《めった》に見ない客が出てきたんだよ。男女四人の中年客。身なりがいかにも裕福そうだったから、きっと成金だね。ほんもんの金持ちは地味だからさ」

ヤマケンはお通しのあん肝《きも》を食べ、手酌でグイッと熱燗の酒を飲む。

「それはいいとして、問題はその中のひとりがつぶやいた言葉だ。体格のいい髭面《ひげづら》の男が、妙なことを口走ったんだ」

なになに？　なんて言ったの？

カエデは追加の握りをパクつきつつ、さり気なく聞き耳を立てていた。

また酒を飲んでひと息ついたヤマケンは、ゆったりとした口調でこう言った。

「ああ、旨かった。特にタイ米が最高だったな。――そう言ったんだよ」

「タイ米？　それってグリーンカレーとかのタイ米ですか？　タイ料理で出てくる、パサパサだけどカレーにピッタリなタイ米？」

ついつい、カエデは口を挟《はさ》んでしまった。

「おっと、お嬢ちゃん。こんな時間に寿司なんぞ食っていいのかい？　まだ学生さんだろ？　高校生？」

「いえ、二十三の社会人です」

あまりにも小柄かつ童顔《どうがん》なので、スーツ姿でも学生だと思われてしまう。もう慣れっこだ。いつもセミロングヘアをお団子頭にまとめ、短めの前髪を垂《た》らしているのも、子どもっぽく見られる要因かもしれない。

「それは失礼。今度うちのバーに来てよ。一杯おごるから」

ヤマケンはニヤッと笑ってから、大将が置いたアジの握り寿司を飲むように食べ、「やっぱ、ここの寿司が一番だな」とつぶやいた。

お酒は結構です。アルコールは体質的に受けつけないし、警部の運転手なので。と断わろうとしたカエデだが、余計なひと言だよなと思い直す。

「……でさ、俺は首を捻《ひね》ったわけよ。五万円のコースしか出さない高級寿司屋だぜ？　米だって厳選《げんせん》されてしかるべきだろ。タイ米だって悪くねえけどさ、タイとかエスニック料理でこそ本領《ほんりょう》を発揮《はっき》する米だ。寿司のシャリにするなんて聞いたことがないだろう?」

「確かに、妙な話ですね」

先ほどからグルメ警部はしきりに首を捻っている。

「先輩、その店に行ってみればいいんじゃないすか? 〝まずは現場に向かえ。現場で違和感を探し出せ〟。それがオレのモットーなんで」

追加の寿司を食べ終えた小林が、さらっと言ってのける。

そんな彼を、グルメ警部が横目で軽く睨《にら》んだ。

「ひとり頭五万円の寿司屋だぞ。この店に五回通ってもお釣りがくる金額だ。小林は自腹で行くつもりなのか?」

「……やっぱ、ちょっと無理っすね」と小林が肩を落とす。

まさかだが、グルメ警部の奢《おご》りを期待していたのだろうか? そこまで図々しい青年ではないと、カエデは信じたいと願う。

「そうなんだよな。ちょいと様子見に行くには値段が高い。だから、俺もまだ一度も入ってないんだ。グルメサイトを見てもレビューがないし、地元の知人たちも行ったことがないから、謎のまんまなんだよ」

ヤマケンは口元に笑みをたたえ、グルメ警部をじっと見つめた。

「久留米くん、気にならないかい？　今も続いてるのが不思議なくらい、ほとんど客の来ない寿司屋。コシヒカリなんかよりずっと安いタイ米を出す高級店。一体、どんなタネを食わせてくれるのかねえ。……あ、女将さん、熱燗の差し替えお願いね」

話を終えたヤマケンは、大将が次々と握る寿司に舌鼓《したつづみ》を打ち、のんびりと酒を飲み始めた。

しばらく思案《しあん》していたグルメ警部は、ふいにメガネを押さえながら言った。

「ヤマケンさん、非常に気になるので、その店の名前を教えてください。私が潜入してみます」

◈

次の週末の夜。

カエデはグルメ警部と共に高級寿司屋へと足を踏み入れた。

「ずるい！　オレも行きたい！」と大人気なくわめいた小林を差し置いての同行だったのだが、小林は夜勤の日だったので仕方がなかったのだ。

　まさか、五万円のコースを相伴《しょうばん》できるなんて想像すらしていなかった。警部は溢《あふ》れる好奇心と探求心を、どうしても抑え切れなかったらしい。

　東急田園都市線《とうきゅうでんえんとし》〝池尻大橋〟駅が最寄りの閑静《かんせい》な住宅街。その一角に、問題の寿司屋はあった。

　ビルの半地下にある店。黒壁に黒い扉。暖簾《のれん》や看板は一切なく、小さな金文字で『KARIYA』と扉にあるのみで、何の店だかさっぱりわからない。「一見《いちげん》客は断固お断わり」と書いてあるかのような店構えだ。

「ふむ。私の好みではないが、こういった雰囲気が好きな人もいるだろうな」

　英国製のトレンチコートを羽織《はお》った警部は、なんの躊躇《ちゅうちょ》もなく扉を開けた。極小ボリュームでスタンダードジャズが流れている。

「いらっしゃいませ。ご予約の方ですか？」

　黒のスタイリッシュな作業服を着た、オールバックにべっ甲メガネの男性が、カウンターの中から意外と若々しい声を出す。彼が板前なのだろう。

「はい。予約時間より早めですが……」

「構いませんよ。こちらの角の席にどうぞ。コートは後ろのコート掛けにお願いしますね。荷物はカウンターの下に置いてください」

どことなく面倒くさそうな口調。高級店とは思えない愛想《あいそ》の悪さ。店内にはメガネの板前ひとりしか見当たらない。他に客の姿もない。

カエデは自分と警部のコートを掛けながら、店の中をぐるりと見回した。

なんと、カウンターは黒みがかった大理石。床も白っぽい大理石で、入り口には茎が羽根のような葉で覆われた、珍しい植物がガラス瓶《びん》いっぱいに飾られている。サファイア色の目をオレンジやグリーンで彩ったかのような、独特の花が咲き誇っている……かと思ったら、それは孔雀《くじゃく》の羽根だった。生け花さながらに飾った孔雀の羽根。かなりインパクトがある。

細長いカウンターは十席ほどしかないが、その横に大理石のテーブル席が三卓。奥にはＶＩＰ専用の個室もあるようだった。

ゆったりとした背もたれ付きの椅子は本革仕様。座り心地は最高だ。寿司屋というよりは、ハイセンスなバーのようである。

いきなりカエデと同世代くらいの黒服青年が現れ、ふたりの前に光沢のあるアイボリーの箸と箸置きをセットした。

「もしかしてこの箸と箸置き、象牙《ぞうげ》じゃないですか？」

グルメ警部が感嘆したように言うと、「そうです。アンティークなんですけどね」とカウンター内の板前がすかさず答えた。

「すごいな。大理石のカウンターに象牙の箸。素晴らしく豪華ですね」

「恐れ入ります。私、店主の狩屋《かりや》と申します」

狩屋が軽く頭を下げ、べっ甲メガネの位置を直してから早口で言った。

「当店はお任せコースのみとなっております。お飲み物はそちらのメニューから選んでください」

横に待機していた黒服が、ドリンクメニューを警部に無言で差し出す。

「おお、シャンパンやワインもあるんですね。ワインなら和食に合うものもありますからね。日本酒の品揃《しなぞろ》えも豊富だ。さて、何にしようか……。とりあえずシャンパンかな。〝ジェラール・グラシオ メゾン ブリュット〟をグラスでください」

「かしこまりました。お連れ様も同じものでいいですか？」

「あの……お茶をもらえますか？　お酒は飲めないので」

おずおずと答えたカエデに、「抹茶入りの緑茶をお出しします。アイスでもよろしいでしょうか？」と狩屋が尋《たず》ねてくる。

「はい。それでお願いします」

狩屋はカウンターの奥へ引っ込んだ。黒服もメニューを手に去っていく。

カエデはホー、と息を吐く。

「お客さん、わたしたちだけみたいですね。このあいだの江戸前寿司屋さんとは大違い。ゴージャスだけど冷たい感じがして、めちゃくちゃ肩に力が入っちゃいます」

警部にジョーゼットのパンツスーツを買ってもらっておいてよかった。今夜はクリームを選び、セミロングの髪はちゃんとブローしてきたのだが、普段のボロジーンズにお団子頭だったら、追い出されそうなほど高級感のある店である。

「そう固くなるな。今夜は任務で来たわけじゃない。プライベートなんだから食事を楽しもう。タイ米の謎も解けるかもしれないのだから、私は実に楽しみだよ」

どんな場所でも余裕で溶け込んでしまうのは、警部が幼い頃から高級店に行き慣れているからだろう。

男の人にしては滑《なめ》らかで白い肌、見ていると吸い込まれそうになる、美しいブラウンの瞳。まるで彫刻のように整った顔立ちの警部。その日本人離れした容姿には、ある秘密が隠されていた……。

「カエデ。私の顔に何かついているか？」

「いいえ、なんでもないです」

あわてて警部の横顔から目を逸《そ》らし、出されていた冷たいお茶を飲む。

――うん、抹茶の香りと苦みが濃くて美味しい。

隣の警部はグラスに注がれたシャンパンで喉《のど》を潤《うるお》している。

「シャンパンにはワインよりも、アミノ酸がたっぷり含まれている。アミノ酸と言えば昆布の旨み成分でもあるので、和食との相性もいいとされているんだ。泡独特のシュワッとした喉ごしも、どんな料理をも抱擁《ほうよう》する力がある。このジェラール・グラシオ メゾン ブリュットは、ピノ・ムニエという品種が主体のシャンパン。しっかりとした骨格ながらも、スマートかつ軽快な味わいの辛口だ。これを選んでおけば、どんな和食でも外さないはずなんだよ」

すでに慣れてしまった警部のうんちくを聞いていると、最初の一品を狩屋がカウンターに置いた。茶碗蒸しのようだが、上に茶色がかった黒い粒がこんもりと盛られている。

「こちら、〝キャビアの冷製茶碗蒸し〟です」
キ、キャビア！　しかも、こんなに盛り盛り⁉
いきなりのゴージャス料理に目を剝《む》くカエデ。

しかし隣の警部はいたって冷静に、「どこ産のキャビアですか？」と尋ねている。

「オシェトラ産。ロシアチョウザメのキャビアです。茶碗蒸しの卵は、日本三大地鶏《じどり》で有名な名古屋《なごや》コーチン。採取される数が少ない貴重な卵を使用しております」

「なるほど。素材も厳選されているんですね」

しきりに頷きながら、容器に添えられた銀製スプーンで茶碗蒸しをすくう。

カエデもスプーンを手にしたが、これが五万円コースのスタートか、と思うと手が震えそうになる。

「うん、さすがの味だ。ブリュットの酸味ともよく合う」

ひと口食べた警部は、シャンパンをじっくり味わっている。

カエデも恐る恐る茶碗蒸しをすくい、キャビアをたっぷり載せて口に運ぶ。

……う、ものすごく美味しい。

確かに卵の風味が濃い。味つけは薄めで具は入《はいりよ》っていない。キャビアの塩味と合わさることで、丁度いい塩梅《あんばい》になるように配慮されているのだろう。プチプチと口内で弾《はじ》けるキャビアの食感がたまらない。

「はー、すっごく美味しいです。シンプルな茶碗蒸しとキャビア、めっちゃよく合いますね」

「塩味が濃くてクセの少ないキャビアは、幅広い料理のアクセントとして使われる。冷製パスタと和えてもいいし、豆腐の冷奴《ひややつこ》に載せてもいいだろう。特に、ねっとりとした食感のものと合わせると最強なんだ。カットしたゆで卵の上に添えるだけでも、立派なフレンチ風の前菜になる」

「卵といえば、前に麻布《あざぶ》で食べた〝ビスマルクのキャビア載せ〟。あの半熟卵とキャビアの組み合わせも最高でしたねえ」

店主の前ではあるが、コソコソと別店の話をしてしまった。

ビスマルクとは、半熟卵の載ったピザの名称だ。以前、警部に連れていってもらったイタリアンレストランで、オーダーしたビスマルクに警部がキャビアを載せてくれたのである。

正直なことを言うと、カエデはその際に食べたほうが、この茶碗蒸しのキャビアより美味しかったような気がしていた。もちろん、これはこれで素晴らしく美味なのだが。

「あれはベルーガ産。これはオシェトラ産。ランクが違う」

警部がカエデにささやく。

狩屋はカウンター内の奥で、何やら作業をしている。

「このオシェトラは中型のロシアチョウザメの卵。最高級とされるオオチョウザメのベルーガは、これより粒が大きくて塩味も薄いから、キャビア本来の味がもっと強いはずなんだ。値段だって倍くらい違う」

「なるほど……」と納得するカエデ。

そう、以前食べたキャビアよりも、これは小粒で塩味が強いのだ。だから、魚卵《ぎょらん》の風味がぼやけて感じるのである。

「とはいえ、ベルーガよりもオシェトラを好む人だっている。たとえるなら、鶏のモモよりササミを好む人がいるのと同じだ」

「勉強になります」

本当にそうである。グルメ警部のお供をするようになってから、以前よりも各段に知識が蓄積《ちくせき》された。味覚も磨《みが》かれたし、度胸《どきょう》だってついたと思う。

「あの……グルメ警部」

「私はグルメではない。久留米だ」

しまった、いつも心中で呼んでいるあだ名を言ってしまった！

「すみません、久留米警部。わたし、警部に……」

すごく感謝してるんです、と言いたかったのだが、狩屋の声が覆いかぶさってきた。

「続いてのお料理、〝フカヒレの姿煮《すがたに》・和風ソース〟です。フカヒレは気仙沼《けせんぬま》産の上物を使用しております」

「フカヒレ⁉　マジで？　あのフカヒレ？」

はしたなくも動揺してしまった。

目の前に出された陶器《とうき》皿の中で、小ぶりだがしっかりとした形のフカヒレが、鰹節《かつおぶし》の香りがするとろみのある出汁で包まれ、神々しいばかりに艶《つや》めいている。

「ほう。和風煮込みとは珍しいですね」

フカヒレを食べ慣れているはずの警部は、眉ひとつ動かさない。

一方のカエデは、細かくなったフカヒレのスープ、しかも春雨《はるさめ》で水増しされたものを中華店で食べたことしかない。突然現れた豪華食材のひとつである丸ごとのフカヒレを前に、落ち着いてなどいられなかった。

「いただきます！」

見事な三日月形のフカヒレを、端っこから箸で切って口に運ぶ。

醬油と出汁の風味がブワッと押し寄せる。フカヒレの味は……正直、よくわからない。それでも、〝高級なものを食べている〟という状況が、カエデを興奮状態にさせていたのだが……。

「これがフカヒレ……。プルプルのコラーゲン。肌に良さそう」

味の感想は述べることができなかった。食感や歯ごたえは春雨に近いような気がするけど、もっと深みのある独特の食べ心地だ。

「上等な出汁を使ってますね。鰹と昆布。それに醤油、酒、生姜、胡麻油《ごまあぶら》。とろみは葛《くず》でしょうか。こんな風にフカヒレを食べるのは初めてです。臭みも一切ないし、かなりの時間をかけて、丁寧に下ごしらえをしているのでしょうね」

警部が言うと、狩屋はべっ甲メガネの奥の目を見開いた。

「お客さん、食通なんですね」

「いえ、それほどでも」

澄ました表情の警部。謙遜《けんそん》にもほどがある。自分が知る限り、この人以上の食通などお目にかかったことがない。

「憧れのフカヒレ。しかも姿煮なんて初めてです。うれしいなあ」

早食いしないように注意しながら、小さく切ったフカヒレを口に運んでいた。和風の煮汁がすこぶる美味しい。

「フカヒレは大型サメのヒレ。そもそもサメ自体の捕獲《ほかく》量が少ない上、そこから取れるフカヒレもごく僅かなので、希少性が高いから値段も高いんだ。それに、下処理に時間がかかる。酒や香味野菜を使って煮込み、冷まし、また煮込む。中骨《なかぼね》や薄皮を取り除き、スープや出汁の味を染み込ませる。少しでも手を抜くと、アンモニアのような匂いが残ってしまう。それに、煮崩れにも細心の注意を払う。ここのフカヒレは完璧だな」

ふんふんと警部に頷きながら、ありがたく完璧なフカヒレをいただく。

静かに料理を味わうカエデの脳裏《のうり》に浮かんできたのは、琥珀のようなブラウン色の瞳を持つグルメ警部の、日本人離れした容姿の秘密だった。

実は、警部の実の母親は、宝石店を営む絹江ではない。代理母として久留米孝蔵の子種を人工授精した、日本人とアメリカ人のハーフ女性なのだ。

子どもを欲しがらず、体質的にも子が出来にくかった戸籍上の母・絹江の代わりに、大金と引き換えに海外で出産したのである。

初めはストーカーかと思ったほど、警部の行く先々に出没していたロングヘアの美しい中年女性。彼女が、その実母だった。

かつては久留米家の乳母として雇われ、幼少期の警部を育てていたのだが、警部が八歳くらいの頃、情が移りすぎていた息子を誘拐しかけてしまった。堅苦しい久留米家から逃げ出して、実の息子とふたりきりで暮らしたくなったらしい。

その結果、今後警部に近づいたら悪質なストーカーとして罰せられ、莫大な違約金を支払うという契約をさせられた実母。しばらくは身を隠していた彼女だが、どうしても警察官となった息子を見たいと熱望してしまった。

息子は自分と同じＡＢ型のＲｈマイナス。輸血でも苦労する希少な血液型である。事件に巻き込まれて怪我などしたら心配だ。たとえ話せなくてもいい。母だと気づかれなくてもいい。ただただ、近くで見守っていたい……。

そんな息子への強い想いが、実母をストーカーのような行動に駆《か》り立てていた。警部に近いある人物が協力したことで、彼女は目的を果たしていたのだが――。

ここ最近、姿を見ていなかった。

どうしたんだろ？　いつも帽子にサングラスで顔を隠して、警部の行く店に現れていたのに……。

考えているうちに、フカヒレの和風煮込みを食べ終えた。

結局、最後の最後まで、フカヒレ自体の風味を探し当てることはできなかった。きっと、染み込んだ出汁やスープの味と、独特の食感を楽しむ食べ物なのだろう。

次に登場したのは、なんと〝三種類ウニの食べ比べ〟だった。

三つの丸い窪《くぼ》みのある横長の白い陶器。それぞれの窪みに、色が微妙に異なるウニが入っている。その下には赤味がかった米が敷《し》かれているようだ。要するに、極小サイズの〝ウニご飯〟である。

「ムラサキウニ、赤ウニ、バフンウニ。酢飯の上に載せてあります。生ワサビと醤油はお好みでどうぞ」

狩屋が言うと同時に、カエデの横から無口な黒服が、生ワサビの小皿と醤油差しを置く。

「ウニ……憧れのウニ……しかも三種類……」

つぶやくカエデは、豪華すぎる食材の大波に飲み込まれ、息も絶え絶えになっている。

「ご主人。こちらの酢飯は赤酢の赤シャリなんですね。お米にもこだわりがありそうですが、どちらの米を使用されているんですか？」

グルメ警部がズバリ切り込んだ。

そうだ、やっと米が登場した。まさかだが、これがタイ米なのだろうか？

固唾《かたず》を呑んだカエデの前で、狩屋が口を開く。

「うちはいつも、宮城県産のササニシキしか使いませんよ」

「……なんだ、タイ米じゃなかったんですね」

不覚にもつぶやいてしまったカエデを、狩屋が鋭く睨みつけた。

「タイ米？　何を言ってるのでしょう。タイ米を出す寿司屋なんてあるんですか？　あるなら教えてほしいくらいです。うちの酢飯がタイ米だって、誰かに聞いたんですか？」

プライドを傷つけてしまったのか、狩屋の口調が厳しくなる。

「いえ、なんとなく……」

「狩屋さん、連れが失礼しました。気になさらないでください。やはりシャリはササニシキですよね。粘《ねば》り気の少ないササニシキほど、酢飯に最適な品種はないですから。では、ムラサキウニからいただきます。――うむ、最上級のウニですね。赤シャリの酢加減も非常にいい。ササニシキの甘みが引き立っている」

急に早口になった警部。必死でフォローしているのが伝わってくる。

「すみません、変なこと言っちゃって……」

カエデが狩屋に謝ると、怒り顔の彼から「外国の安い米を使ってるだなんて、変な噂を立てたりしないでくださいよ」と釘を刺された。

「はい……」

「カエデ、ウニが崩れないうちに食べたまえ。三種類とも最高だぞ」

警部に言われてウニと酢飯を口にしたのだが、食べた気がしなかった。

本来なら三種のウニの違いを楽しめるのだろうけど、そんな気分ではなくなってしまったのだ。


それから握り寿司が出てきたのだが、一般的な寿司屋とは異なるタネばかりだった。

黒トリュフをたっぷり削《けず》り載せたフグの白子。アワビの酒蒸しと肝のタレ。北海道サーモンと皿から溢れんばかりのイクラ。天然鰻《うなぎ》の蒲焼《かばやき》と刻んだミョウガ。生ガキとゴボウの味噌漬け。松葉蟹《がに》の蟹身と味噌。自家製カラスミと大根の漬物。大間産の最上級大トロの湯引き、などなど。

締めの玉子と共に提供されたのは、なんと、コラーゲンの塊《かたまり》のような肉片が入った、スッポンの吸い物だった。

どれも美味な高級食材。しかも何かとの合わせ技で客を驚かせることが多い、極めて個性的な握り寿司。赤酢の赤シャリは、パサつくタイ米とは程遠い、味わい深い日本米。カエデはもちろん、ありがたく完食したのだが、「ここより下北沢の老舗寿司屋がいいいな」とずっと思っていた。

コースが進み、デザートのマスクメロンを食べ終えたとき、警部のスマホに着信があった。

「ちょっと失礼」

警部は店の外へと出ていく。カエデはこの隙《すき》に行っておこうと、トイレへ向かう。

──うわ、なにコレ。ここまでゴージャスにしなくてもいいのに……。

そう感じてしまったのは、広々としたトイレスペースの黒いタイル一面に、豹《ひょう》柄《がら》の敷物が貼られていたからだ。形も豹の首と足の部分を切り取ったように見える。触れてみた毛の感触も、人工的なものではない。本物の豹の毛皮なのである。

趣味が悪いというか、バブリーすぎて眩暈《めまい》がしそうだ。

どこもピカピカに磨かれた洗面所で手を洗い、横に積まれたハンドタオルで手を拭き、下の籠《かご》に入れる。ドアを開けかけたら、男性たちの話し声が聞こえてきた。

狩屋と誰かが話しているようだ。

「狩屋さん、次の〝桜の木の会〟って睦月《むつき》の十五日でいいんだよね？」

「そうですよ。睦月の十五日、夕方五時から」

「楽しみだなあ。ハラ空かして来るから頼むね」

「お待ちしてます」

睦月の十五日？　睦月って何月？

急いでカエデがスマホで調べると、一月をそう呼ぶらしい。今日は二月一日。一月ってことは来年の話なのか？　ずいぶん先の食事会だな。それに、〝桜の木の会〟ってなに……？

首を傾《かし》げながらトイレのドアを開け切ると、客らしき髭面で目付きの悪い中年男が、「じゃあ、よろしく」とあわてた様子で出ていった。

ほどなく戻ってきた警部が、リッチな者しか持てないブラックカードで会計を済ませる。おそらく飲み物やサービス料で、十五万円近く支払ったのではないだろうか。

カエデはひたすら恐縮《きょうしゅく》しながら、グルメ警部と共に店をあとにしたのだった。

「警部、すみませんでした。わたし、余計なこと言っちゃって……」

開口一番、カエデは頭を下げた。

「まあ、いいさ。君のひと言で、あの店の違和感が明らかになったから」

「違和感……？」

長い足で颯爽《さっそう》と駐車場を目指す警部。遅れを取らないように、早足で彼のあとに続く。冷たい北風が顔に当たり、目が潤みそうになっている。

「シャリがタイ米ではないか、と言われたときの店主の態度が、異常に感じたんだ。あのとき彼は、客に対して敵意を向けた。その後も機嫌を直すことなく、淡々と仕事をこなしているだけ。愛想の欠片《かけら》もなかったよな」

「やっぱり、警部もそう感じたんですね。わたし、何を食べても味がわからなくなっちゃいました」

「客を委縮《いしゅく》させるなんて言語道断だな。間違いなく、私が確保したい店ではない」

警部はきっぱりと言い切った。

「豪華食材をふんだんに使い、奇をてらった握りを出す。腕は悪くはない。むしろ確かだと思ったが、どのタネも過度にいじりすぎだ。寿司の概念を壊そうとしているのだろうし、そういった奇抜性を歓迎する客もいるだろう。だけど私はサービスや雰囲気も含め、ああいった店は好まない」

同意を得られて胸のつかえがとれた気がしたカエデは、正直な気持ちを打ち明けた。

「わたしも好きになれなかったです。美味しいものもたくさんあったけど、無駄にゴージャスで居心地が悪かった。トイレにも本物の豹の毛皮が飾ってあったんですよ。趣味がいいとは思えませんよね。生け花じゃなくて孔雀の羽根が飾ってあったのも、なんか奇妙な感じがしたし。それに、気になる会話が聞こえたんです。警部が席を外しているあいだに」

「気になる会話？　私が外で電話をしていたときか？」

「そうです。目つきの悪い髭面のオジサンが入ってきて、狩屋さんと話してたんですけど……」

カエデは、トイレから出ようとした際に聞いたことを報告した。

「――つまり、〝桜の木の会〟とかいう食事会が、来年一月十五日の夕方五時から行われるらしいです。でも、一年も先の話を今するなんて、なんか変じゃないですか？」

「ちょっと待て」

ピタリ、と警部が足を止めた。

「彼らは〝睦月の十五日〟と言ったんだな？」

「そうです。睦月って一月のことですよね？」

「それはもしかしたら、旧暦かもしれないぞ。調べてみる」

スマホを取り出し、何やら検索している。

「そもそも睦月とは、旧暦での呼び方なんだ。新暦と旧暦には、ひと月ほどのズレが生じる。その年によっても違ってくるのだが………」

「すみません、旧暦と新暦って何が違うんですか？」

我ながら知識がないな、と申しわけなく思いながら尋ねてみた。

「ざっくり言ってしまうと、〝何を基準に日にちを数えるのか〟が違うんだ。いま使用している新暦は、太陽の動きを基にした〝グレゴリオ暦〟。旧暦は、月の満ち欠けに太陽の動きを加味した〝太陰太陽暦《たいいんたいよう》〟と呼ばれるものだ。たとえば、中国では今でも旧暦を使っている。我々日本人もかつては旧暦を採用していたのだが、明治五年に改暦されてからは、ずっと新暦を使用しているんだよ」

そこまで説明したところで、警部の指が止まった。

「……あった。今年の旧暦カレンダーで見ると、睦月の十五日は二月八日だ。つまり、一週間後となる」

「一週間後？　だとしたらなぜ、わざわざややこしい旧暦で日取りを確認したんでしょう？」

「人に聞かれたときのため。現にカエデだって、来年の一月だと思ったわけだろ？　隠語のようなものだ。それだけ部外者には秘密にしたい食事会、とも言えるな」

「めっちゃ怪しいですね」

「まだ推測の域を出ないが、あの店は臭《にお》う。米の件での怒り方も、何かを恐れている者の反応だとしたら……。店主の狩屋には隠し事があるのかもしれないな」

隠し事、と聞いてカエデはふいに閃《ひらめ》いた。桜の木といえばアレだ！

「あの、警部！」

いや待て。こんな常軌《じょうき》を逸した推測、気安く話してもいいのだろうか？　しかもたった今、食事を終えたばかりなのに……。

「……すみません、なんでもないです」

躊躇してしまい、言葉を引っ込めてしまった。

「なんだ？　思いついたことはなんでも話してくれ。君は私のワトソンなのだから」

ワトソン……。警部の助手……。うれしい！

単細胞のカエデは、警部のひと言で舞い上がった。おのずと口も軽くなる。

「もしかしたらなんですけど、桜の木の会って、人肉を食べる会なんじゃないですかね？　ほら、〝桜の下には死体がある〟って、よく言うじゃないですか」

突拍子もない発想だと自分でも思うが、密かに行われるかもしれない食事会なのだ。とんでもないものが調理される可能性だってある。

「〝桜の樹の下には屍体《したい》が埋まっている！〟。大正・昭和初期の小説家・梶井基次郎《かじいもとじろう》の短編小説『櫻《さくら》の樹《き》の下には』の冒頭文だ。今や都市伝説でもあるが、植物の生長を促す主な成分は、チッ素・リン酸・カリウム。それらは人体にも含まれるので、屍体が木々の栄養素となる意味では、理にかなった話ではある。その伝説から会の名をつけたのなら、カエデの想像もあり得ない話ではない」

「きっとそうですよ！　人肉パーティーが開催されるんですよ！」

興奮気味に叫んだカエデを、警部が「待て待て」と穏やかに制した。

「決めつけるには早すぎる。――キーワードは〝タイ米〟。そして〝桜の木〟か……」

トレンチコートをひるがえして、警部が無言で歩き始めた。考え事をしているようだ。

やがて、ミニクーパーにたどり着いたとき、彼は力強く言った。

「よし、あの店を調べさせる。桜の木の会は本当に来週八日に行われるのか？　それは法に触れるような内容の会ではないか？　店主の狩屋とその周辺を、徹底的に探ってみよう」

「お願いします！」

きっと、あの店は悪事を働いている。グルメ警部が取り締まってくれる！

カエデは頼もしく思いながら、警部を自宅に送り届けるべく、ミニクーパーに乗り込んだ。

❖

あっという間に一週間が経った。カエデはその日も、午前中に田園調布へ行き、久留米家の前にミニクーパーを停めた。

富裕層が多いこのエリアの中でも、ひと際大きな二階建ての日本家屋。庭には小さな池があり、錦鯉が泳いでいる。車五台分のスペースがあるガレージには、警部の愛車である〝アストンマーティン・DB5〟が駐車してある。

色はシルバー。有名スパイ映画『007』の劇中内で、英国人俳優ダニエル・クレイグ扮するジェームズ・ボンドが乗り回すスポーツカーだ。中古だが完璧に整備されている。

警部は大学時代に投資で財産を増やしたため、お金にはまったく困らないという、なんとも羨《うらや》ましい状況なのだ。だからこそ外車も買えるし、個人的に運転手を雇うこともできるのだろう。

専属運転手になると決まったとき、カエデは一瞬、憧れのアストンマーティンで送迎できるのかと思い、心の中で小躍りをした。

だが、警部いわくその車は「鑑賞用」なのだという。一度だけ前の運転手に走らせて、横をタクシーで追走して走る姿を眺《なが》めたそうなのだが、その際に運転手がボディに小さな傷をつけてしまったため、二度と走らせないと決めたらしい。

最高級スポーツカーを、ガレージで眺めて愛《め》でるために所有する人。007風のスタイリッシュなスーツ、007御用達ブランドであるトムフォードの黒縁メガネと、同じく007御用達ブランド・オメガの時計を愛用する男。それらから導き出せる結論はひとつしかない。

警部は、筋金入りの007マニアなのである。

本人は決して認めないが、状況証拠だけで十分だ。

「おはようカエデさん」

「おはようございます」

ミニクーパーの前で待機するカエデに、家政婦の秋元政恵《あきもとまさえ》が話しかけてきた。細身だが顔だけはふっくらとしている、愛想はいいが目だけは笑っていないように感じる高齢女性だ。いつも白髪《しらが》交じりの髪をアップにし、エプロンを身に着けている。

カエデは政恵と話すたびに、『家政婦は見た!』という家政婦が主人公のドラマを思い出してしまう。事実、グルメ警部が生まれる前から久留米家に仕える彼女は、この家の秘密をすべてその目に焼きつけていた。

「ねえカエデさん。斗真さんは今夜も遅くなるのよね?」

「そう聞いてます。夜は池尻のお寿司屋さんに行く予定です。食事じゃなくて捜査ですけど」

警部は例の〝桜の木の会〟に潜入するのだ。カエデも同行する予定になっている。

「そう。お怪我をされたときはどうなるかと思ったけど、完治して本当によかったわ」

ふう、と息を吐く政恵。彼女が言う「お怪我」とは、警部が昨年の秋に腰をステーキナイフで刺された事件のことだ。犯人は、カエデが大食いチャレンジをしていたステーキ店のスタッフ・長尾《ながお》。彼はカエデの気を引くために、わざと大食いチャレンジを阻止。それを見抜いたグルメ警部を逆恨みし、犯行に及んだのだった。

近くにいたカエデは、警部を車に乗せて救急指定病院に運んだ。密かに警部の側にいた実の母親が、そのあとをつけていた。そして、輸血が必要だった警部のために、「私もＡＢ型のＲｈマイナスなんです。私の血を使ってください！」と看護師にすがりついた。Ｒｈマイナスの血液が希少だったからだ。

結局、病院側が血液センターから取り寄せていたため、彼女はその場から姿を消した。現行犯逮捕された長尾は今、刑に服しているはずだ。

すべてを目撃していたカエデは、病院に駆けつけた政恵から事情を聞き出していた。実母に警部の居場所を知らせていたのは、ほかでもない政恵だったのだ。政恵は、息子と逢うことも話すことも禁じられてしまった実母に同情し、協力を買って出ていたのである。

おそらく、警部も実母が自分の側にいることに、気づいていたと思われる。

幼少期の誘拐未遂事件で、慕っていた乳母が実の母であることを、警部は知ってしまった。それまでは朗らかだったのに、乳母が家から消えて以来、本ばかり読む無口な子どもになってしまったそうだ。

今でも、どこか寂しげな雰囲気を持つ警部。きっと彼は、成長した自分を見守る実母の視線を、心地よく感じていたはずだった。

だが、カエデはその話題を自分からはしないようにしていた。警部にはもちろん、政恵にも。もし、実母の行動が警部の両親に知られたら、政恵もタダでは済まないはずだから。

「そうそう、カエデさん」と、政恵が再び話しかけてきた。

「来月は斗真さんのお誕生日なの。お祝いをして差し上げたいのだけど、何かいいアイデアはないかしら？　旦那様も奥様もお忙しいから、あたしがよろこばせてあげたいのよ」

生まれたときから警部の側にいる政恵。ずっと独身を通しているらしい彼女にとっても、警部は息子のような存在なのかもしれない。

「じゃあ……どこかでサプライズパーティーでもしますか？　小林さんにも協力し

てもらって。あ、プレゼントも用意したいですね。わたしも警部には散々お世話になっているから、よろこんでもらいたいです」

本音だった。警察官になって悪事を取り締まりたいという、とうの昔に諦めていた夢を、警部は助手というカタチで叶えてくれたのだ。尊い恩人と言っても過言《かごん》ではない。

「サプライズ、いいわね！　どこで何をするのか、プレゼントはどうするのか、カエデさんも考えてくれる？　あたしも考えるから」

「了解です。ちょっと時間をください」

次に会う機会があったら、小林巡査部長にも相談してみよう。

「お願いします。それから、斗真さんが外食をされるときは、どこのお店に行くのか教えてね」

「はい」

店がわかったら政恵にメールで教えるのは、すでに日課となっていた。

おそらく政恵は、その情報を実母に伝えるのだ。実母は店に行き、遠くの席から警部を眺め、静かに帰っていく。警部もその気配を感じながら、何も知らない振りをする……。

これまではそうだった。しかし、最近は姿を見かけない。

本当は、「産みのお母さんを見なくなったんですけど、何かあったんでしょうか？」と政恵に尋ねてみたいけど、どうにか我慢を続けている。

「――おはよう。いつも待たせて悪いな」

グルメ警部が小走りでやってきた。英国製のトレンチコートとタータンチェックのマフラーが、よく似合っている。

「斗真さん、たまには家でもお夕食を食べてくださいな。外食ばかりだと栄養が偏《かたよ》るから。あたしの特製ブレンドティーも飲んでくださらなくなっちゃって。ビタミンとミネラルがたっぷり入ってるのに……」

「ああ、わかったよ。ブレンドティーは申しわけない。苦くて飲みにくいんだよな。夕飯は今夜もいらない。仕事終わりに済ませてくるよ」

警部はほぼ毎日と言っていいほど、夜は外食をしている。

誰かと会食するときは、カエデは店の近くで待機する。ひとりで食事をする場合は、カエデがお供をする。小林が便乗することもある。

警部が外食ばかりする理由は、警察庁長官の父親・孝蔵と、血の繋がらない母親・絹子とのあいだが冷え切っているからだ。寒々しいダイニングで食事をとるのが苦痛なのだろう。

一見すると平凡なサラリーマンのようだが、鋭い眼光に狡猾《こうかつ》さを秘めている孝蔵。上品に着飾ったセレブ風だけど、いまだにカエデの挨拶を無視する高慢そうな絹江。そんな両親と警部が親しく話しているところなど、一度も見たことがない。

（斗真さんの前でご両親の話はしないほうがいいわ。特に奥様のことは）

そう忠告してくれたのも、目の前にいる政恵だった。

「承知しました。お気をつけて行ってらっしゃいませ」

深々と腰を折った政恵に「行ってきます」と告げ、警部はミニクーパーの後部座席に乗り込んだ。カエデはすでに、運転席でスタンバイしている。

「警視庁ビルでいいですか？」

「ああ、頼む」と答えてから、警部は車の窓を開けた。

「政恵さん、今日の朝食も美味しかったよ。いつもありがとう」

まあ、と政恵が相好《そうごう》を崩《くず》し、また頭を下げる。

使用人でも対等に扱い、感謝の言葉を忘れない。そんな警部の誠実さも、カエデは好ましいと思っていた。……あくまでも人として。

「今日は午後五時に迎えに来てくれ。そのあと池尻の店に行く」

カエデは武者震《むしゃぶる》いを抑えつつ、霞が関に向かってアクセルを踏み込んだ。

桜の木の会が一体なんなのか、いよいよ暴かれるのだ。

「了解です！」

❖

高級寿司屋『ＫＡＲＩＹＡ』の前に到着したのは、午後五時半過ぎだった。

警部からはまだ、何も聞かされていない。店主の狩屋が何を隠しているのか、部下たち（主に小林）に捜査させていたはずなのだが……。

「よし、行くか」

まるでそれが当たり前のように、警部が扉を開いて中に入る。カエデも激しくなっていく鼓動《こどう》を抑えながらあとを追う。いざとなったら、柔道の黒帯を持つ自分が、警部を守るつもりでいた。

店内には、前にもいた黒服の青年しかいなかった。だが、奥の個室から複数の笑い声がする。鍋料理のような香りが漂っている。

あわてた様子の黒服が、カエデたちの前に立ちはだかった。

「今夜は貸し切りになっております。申しわけないのですが、事前にご予約をされてから……」

「〝桜の木の会〟に参加させてもらいます」

警部は黒服をスルーして、奥の個室へと進む。

中から店主の狩屋が出てきた。

「おい、勝手に入られちゃ困るんだよ！　お前、ドアに鍵かけとけって言っただろうが！」

後半は黒服に言ったのだろう。今さら遅い。

「いい香りだ。今夜はどんな料理を出しているんですか？」

落ち着き払った態度で、警部が問いかける。

「あんたに説明する筋合いはないだろう。出てってくれ」

「いや、桜の木の会だと聞いたからわざわざ来たんです。桜の木。ジョージ・ワシントンの逸話から名づけたんですか？」

「は？　なに言ってんだ？」ととぼけるも、狩屋の額には汗が滲んでいる。顔が青ざめたようにも感じる。

カエデには、警部が何を言っているのか理解できない。

ジョージ・ワシントンって、昔のアメリカ大統領だよな……？

「あなたは今、明らかに動揺した。どうやら図星だったようですね。私たちもぜひ、ご一緒させてください」

「やめろっ！　入らせないぞ！」

狩屋が警部に襲いかかる。すかさずカエデがあいだに入った。狩屋の両手を取って捻り上げる。黒服は青ざめたまま直立している。

「痛い！　傷害罪だ！」

わめく狩屋を横目に、警部は個室の扉を開けた。

想像以上に広い、窓のない個室。大理石の丸テーブルを、男女四人が囲んでいる。その中には、カエデが目撃した髭面の中年男もいる。誰もが突然の侵入者を前に、なす術《すべ》もなく顔を引きつらせている。

テーブルには鍋がセットされ、中で何かがグツグツと煮えていた。四人の取り皿に入っているのは、ゼラチン質の肉片。スッポンのようなものだ。

その傍らには、血液と思われる赤黒い液体の入った小さなグラスもある。

血！　肉！　やはり、人肉を食べる会だったのか⁉

カエデが仰天したそのとき、警部が低く響く声で言った。

「桜の木の会の皆さん、お料理のお味はいかがですか？　さぞかし美味しいのでしょうね。そのタイマイ鍋は」

「タイ米？　あんた、タイ米が入った鍋だと思ったのか？　ばかばかしい。タイ米なんか使わないって言ったじゃないか」

カエデに腕を取られたまま、狩屋は呆《あき》れたような嘲笑を浮かべる。

すると、警部は自信たっぷりにこう告げた。

「米じゃない。それは海亀《うみがめ》のタイマイだ。調べはついている」

「逃げろっ！」

いきなり狩屋が叫び、男女四人と黒服が入り口へと突進する。

自《みずか》らも逃げようとする狩屋を、カエデが背後から裸絞めにした。首に右腕を回して喉を圧迫させ、左手で狩屋の腕を取る。べっ甲メガネが吹き飛び、床に転げ落ちた。

「おとなしくしなさい！　もっと痛い目にあうわよ！」

グゥゥ、と狩屋が唸り声を上げる。

「警部、ほかの人は逃がしていいんですか?」

「大丈夫だ。手配はしてある」

グルメ警部が答えた途端、数名の警察官たちが突入してきた。

先頭にいた小林が、大声で「確保!」と叫んだ。

「狩屋徹《とおる》、関税法違反及び特定外来生物法違反で現行犯逮捕する!」

その場にいた全員が、小林たちに取り押さえられた。

◈

「〝桜の木の会〟とは、ワシントン条約で輸入禁止となっている動物を、秘密裏に食べさせる会だったんだ。絶滅危惧種のタイマイ。ワニや蛇。アフリカ象や豹、孔雀の肉なんかも出していたらしい」

狩屋と黒服、それに男女四人がパトカーで連行されたあと、警部は停車中のミニクーパー内でカエデに説明をした。

「あのスッポンのような肉片と血は、タイマイのものだったんですね」

「そのようだな。スッポンの血は栄養剤として有名だ。同じ亀であるタイマイの血にも、同じような効能があるのかもしれない」

「タイマイ……。米じゃなくて海亀だったんだ……」

「タイマイの甲羅はべっ甲の原料になる。狩屋はべっ甲のメガネをしていた。入り口に飾られた孔雀の羽根、トイレの豹皮。それから、象牙の箸と箸置き。おそらくあれらは食材にしたものの一部で、狩屋にとっての戦利品だったんだろう。『禁止されているものを食べてやった』という、自己満足の勲章みたいなものかもしれない」

「禁止されてる動物が、日本に密輸されてたんですか？」

「らしい。調べによると、絶滅危惧種を食用として養殖している組織が、某国にあるそうだ。そこから密輸されて国内に届くのだろう。本来、タイマイには毒がある。毒素を持つ海綿動物を主食とするためだ。だが、養殖で毒素のない餌を与えることで、毒を持たなくなるんだ。たとえるなら、毒素のテトロドトキシンを有するカニやヒトデを食べるため、体内に毒が蓄積されるトラフグと一緒だな。養殖したフグは無毒になるから、肝まで食べられるんだよ。国は許可していないが、肝を出すフグ屋もあると聞いたことがある」

「そうなんですね……」

　カエデは呆れ返っていた。

毒だろうが絶滅危惧種だろうが、なんでもかんでも食べたがる動物など、人間以外に存在するのだろうか？　浅ましいにもほどがある。

「推理のヒントになったのは、〝桜の木の会〟という言葉だった。桜の木で連想されるもののひとつが、初代アメリカ大統領にして、今も首都の地名とされているジョージ・ワシントンの逸話だ。『斧《おの》で庭の桜の木を切った幼き日のワシントン。それを父親に告白したところ、咎《とが》められるどころか正直者だと褒《ほ》められた』という、実は捏造《ねつぞう》だとも言われている伝説。桜の木は、おそらくワシントンという言葉の隠語。人名ではなくワシントン条約のこと。そこに思い至ったので、その線で捜査をさせたんだ」

「それがビンゴだったんですね」

「ああ。そもそも、ヤマケンさんから聞いた『タイ米が旨かった』との客の発言から、あの店への疑惑が生じたんだ。海亀の〝タイマイ〟と米の〝タイ米〟は発音も同じだから、もしかしたらと最初から思ってはいた。狩屋のタイマイという言葉への過度な反応と、かけていたべっ甲メガネ。象牙の箸や孔雀の羽根、豹の毛皮の飾り物も、その推理を裏付けているような気がしたんだ」

警部が苦々しく振り返る。

「あの店に客がほとんどいない理由も、桜の木の会にあったんだろうな。絶滅危惧種を食べるなんて、いくらカネを積めば叶うのか私には想像もつかない。いくら払ってでも珍しいものを食べたいと思う、エゴイストな金持ちが顧客でいたからこそ、経営が成り立っていたんだろう」

「人の底なしの欲望。恐ろしいですね……」

カエデは身震いを止められない。

「そうだな。今はカネさえあれば、どんな欲望も叶えられる。なんでも買えるし、権力も伴えばルールだって破れてしまう。倫理観などお構いなしだ。そんな腐った世の中が少しでも良くなるように、我々が目を光らせるしかない」

神妙な表情の警部。彼自身も、〝金持ちの親が大金を積み、海外で代理母に産ませた〟存在。ある意味、日本のルールを超えた出自の持ち主だ。だからこそ、財力でルール違反をする輩《やから》が許せないのかもしれない。

「警部、密輸組織も捕まったんですか？」

「まだだが、私の仲間たちが総力を挙げて捜査している。狩屋からも密輸ルートを吐かせるから、組織の解体は時間の問題だろう」

断言する彼を見つめていたら、グゥ、と腹から音がした。

ちょ、このタイミングでお腹が鳴るなんて。やだもー、わたしったら超恥ずかしい……。

「よし、何か食べて帰るか。カエデにもまた助けてもらったし、好きなものをご馳《ち》走《そう》するよ。どんな店がいい？」

やった！　うれしい！　お腹ペコペコ！

「わたし、下北沢のお寿司屋さんに行きたいです。可能なら、ですけど」

グルメ警部は目を細め、「それはアリだな」と言った。

「今なら二回転目に間に合う。ヤマケンさんにも報告したいし、下北沢に行ってみるか」

「了解です！」

カエデは下北沢まで最速で到達する裏道を思い浮かべながら、アクセルを踏み込んだのだった。

2

消えた宝石とオーガニック料理

「小林《こばやし》さん、何がいいと思いますか?」

　カエデはスマホで小林巡査部長と話をしていた。

『先輩の誕生日かー。あの人を驚かせる美食なんてあるのかなあ』

「豪華じゃなくてもいいと思うんです。何らかのサプライズで驚かせたくて。あと、プレゼントも考えたいんですよね」

『プレゼントだったら、007にちなんだものがいいんじゃないかな。先輩、かなりのファンだから』

「やっぱり! 警部って007好きですよね」

　我が意を得たり! やはり彼は007マニアだった!

『オレと先輩、渋谷《しぶや》の映画館で親しくなったんだ。007の「スペクター」観てたら隣に座ってて。お互いに顔は見たことあったけど、話すのは初めてでさ。警察庁長官の息子さんだって知ってたから、最初はガチガチだったんだけど、意外なくらい面白い人で。でも、そのあとが大変だったんだよね。お茶しに行ったら映画の感想まくしたてられてさ。先輩はイアン・フレミングの原作が好きみたいで、どこが映画と違うのか延々《えんえん》と語られて。そっから海外のミステリー小説の話になって、オレはずっと聞いてるばっかでさー。……アレ、なんの話だっけ?』

電話でも会話が脱線していく。そこが警察官らしからぬ小林の小林らしさで、カエデとしては非常に付き合いやすい相手だった。

「警部の誕生日会とプレゼントですよ」

『そうだ。プレゼントは007絡《がら》みのアイテムじゃダメかな？　ジェームズ・ボンドが愛飲してる「ボランジェ」のシャンパンとか』

「なるほど、それはありですね。警部シャンパン好きだし、前にボランジェのシャンパンで興奮してたことあったし」

投資詐欺事件の捜査で美食家のパーティーに潜入したとき、警部は前菜と共に出たボランジェのロゼシャンパンを褒《ほ》めまくっていたのだった。

『あとさ、どっかのレストランでボンドが好きな料理を再現してもらうとかどう？』

「それ、調べてみたんです。イアン・フレミングの小説版だと、卵料理をよく食べてるみたいなんですよ。ゆで卵とかスクランブルエッグとか。警部、初めて入った店だとオムレツを頼むじゃないですか。あれってボンドの影響なんじゃないかなって、最近思うんですよね」

オムレツほどシンプルで料理人の腕がわかる料理はない。

そんな持論を持つ警部は、メニューにはなくてもオムレツを頼むことがある。快《こころよ》く出してくれる店も多いが、断わる店もある。その対応すらも、警部のレストランに対する評価ポイントになるらしい。ミシュランの調査員でもないのに、とんだ変わり者である。

『だったら、卵料理はマストかもなー。三軒茶屋《さんげんぢゃや》に好みの料理を作ってくれるビストロあるじゃん。先輩が確保してる店。あそこでボンドにちなんだ料理作ってもらうとか』

「小林さん、ナイスアイデア！　その線で考えてみますね」

「――何がナイスアイデアなんだ？」

頭上からグルメ警部の声がしたので、カエデは急いで通話を切った。

ここはミニクーパーの車内。警部が用事を済ませるまで、少し窓を開けた運転席で待機していた。その最中に小林と電話をしてたのだが、最後の会話を聞かれていたようだ。

「いえ、なんでも。もう用事は終わったんですか？」

車から飛び出し、トレンチコート姿の警部を後部座席に座らせてから、また席に着く。警部は大きな紙袋を抱えている。

「とりあえず帰宅する。今日は遠方まで運転させてすまなかったな」

「どこにでも行きますよ。そのためのプライベート運転手ですから。ここは空気が澄んでて気持ちがいいですね。東京都だとは思えませんよ」

都内でありながら、霊峰《れいほう》・御岳山《みたけさん》に囲まれた自然豊かな奥多摩《おくたま》の青梅市《おうめし》。街の中部には多摩川が流れ、釣りやキャンプ目当てで訪れる人も数多い。梅の産地としても有名で、街の至るところで濃いピンク色の梅の花が開花している。都内から電車で一時間ほどの青梅駅や二つ隣の河辺駅《かべえき》は、ベッドタウンとしても開発されており、デパートやレストランなども充実。自然と共に便利に暮らせそうなエリアである。

カエデが車を駐車していたのは、青梅駅からほど近い白亜《はくあ》の洋館の前。広い庭にゴルフパットの練習場がある、かなりの豪邸だ。

「前に捜査協力をしてくれた大学時代の先輩が、青梅に住んでいる。お礼がてら行きたいんだ」と警部に言われ、午後の早めに内勤を切り上げた彼を、ここまで運んだのだった。

「先輩に自家製の梅酒をもらった。気を遣わせてしまったな」

抱えていた紙袋の中から、梅酒の瓶《びん》を取り出してみせる。

とろりとした褐色の液体の中に、青緑色の梅がゴロゴロと入っている。

「青い梅。これが青梅って名前の由来なんですか？」

「それはだな……」と言いながら、警部が肩からシートベルトをかけた。

「この側に〝金剛寺《こんごうじ》〟という寺がある。そこは平将門《たいらのまさかど》が開いたとされていて、将門が寺の敷地内に梅の枝を突き刺し、『わが願いが叶わないならば枯れよ』と言ったそうなんだ。枝は見事に育って梅の実がなったのだが、いつまでも熟さずに青いままだった。その伝承から〝青梅〟という地名になった、という説がある」

「なるほどー。それって実話なんですかね？」

「さあ。寺や神社にはこの手の話が多いからな。お、雪が降ってきたぞ」

「……ホントだ」

空一面がグレーの雲で覆《おお》われた、底冷えするような二月末の夕刻。ふわふわと粉雪が舞い始めている。

「本降りにならないうちに戻ろうか」

「ですね」

カエデは気合を入れてエンジンをかけた。のだが……。

プスン、と音が鳴るだけで一向にかからない。

何度トライしても、軽快なエンジン音が響く気配はない。

「ヤバいです。エンストしてる」

亡き父から譲《ゆず》り受けた、年代物のミニクーパー。手入れはしているものの、オンボロなのでいつ何が起きてもおかしくはなかった。

「どうしよう……。こんな風になったの初めてだ……」

我が子がいきなり倒れた母親のごとく、不安が押し寄せてくる。

動揺でハンドルを握る両手が震えている。

「落ち着け。こんなときのために車両保険があるんだろ？　ロードサービスで修理店にレッカー移動して、エンジンを見てもらえばいい。きっとすぐに直る」

警部に言われて保険会社に電話をしたのだが、混雑のためレッカー車の到着まで二時間半はかかるという。

カエデはどんよりとした表情をしないように、笑みを張りつけてから言った。

「警部、本当にすみません。二時間半もここで待つの辛いですよね？　電車で先に帰ってください」

「いや、そんなに時間があるのなら、五木《いつき》先輩の家で休ませてもらおう」

「五木先輩？」

「梅酒の造り手。五木竜也《たつや》さんって言うんだ。実は、さっき誘われたんだよ。これから知り合いとホームパーティーをするから、一緒にどうだって。お気に入りのシエフに料理を作らせているらしい。多めに用意してあるから、お連れさんもぜひって言われたんだけど、急に参加するのは悪いから遠慮しておいた。でも、緊急事態だからな。カエデも車内で待つよりいいだろう?」

「え……でも……」

とてもありがたいのだけれど、個人の集まりに参加するのは申しわけないし、気が引けてしまう。

「ここに車を置きっぱなしだと通行の邪魔《じやま》になる。先輩の駐車場に空きがないか、電話して確かめてみるよ」

ちゃっちゃと話を進めてくれたグルメ警部。ラッキーなことに、五木家の駐車場には余裕があるらしい。ここで二時間半も待つより遥《はる》かにマシだ。

「じゃあ、レッカー車が来るあいだだけ、お邪魔させてもらいます」

カエデはギアをニュートラルに入れ、警部と共に大事なミニクーパーを押して五木家へ向かった。

まさか、あんな事件が館内で起きるとは、一ミリたりとも予想せずに。

白亜の洋館に入った途端、冷えてしまった身体《からだ》を暖房の効いた暖かな空気が包み込んだ。玄関に飾られた花つきの梅の枝から、甘い香りが漂《ただよ》ってくる。

あー、なんかホッとする。やっぱ車にいるより百倍、いや千倍いいよ……。

カエデたちを迎えてくれたのは、浅黒い顔に顎髭《あごひげ》を蓄《たくわ》えた、スポーツ選手のようにがっしりとした体つきの男性、五木竜也。三十二歳とまだ若いのだが、父親が一代で築いたゴルフ用品会社の取締役をしているという。

「斗真《とうま》、戻ってきてくれてうれしいよ。カエデさん、変人の斗真がお世話になってます」

「変人は余計じゃないですか」とグルメ警部が苦笑する。

「え？　自覚してないの？　お前、かなりの変人だよ。ひとつのことにハマったら、偏執的《へんしゅうてき》に追い続ける変人。いや、変態と呼んでもいい」

軽口をたたいて真っ白な歯を見せる五木。第一印象は〝爽やか〟のひと言に尽きる。

「五木さん、急にお邪魔してすみません。駐車場までお借りしてしまって」

「エンストなんてアルアルだからね。気にしないで楽しんでってください。もうメンバーは集まってるから、紹介しますね」

気さくな態度の五木に、委縮《いしゅく》していたカエデの身体が解《ほぐ》れていく。

広々とした吹き抜けの玄関ホールには、ハイヒール、革靴、スポーツシューズと、いくつもの靴が並んでいる。

パンプスからフカフカの来客用スリッパに履き替えたカエデと警部は、五木のあとをついて廊下の先にある扉へと歩いていった。

「すごいお屋敷ですね。五木さん、ご家族とお住まいなんですか？」

「いや、ひとり暮らし。両親は今、長野の別荘で隠居《いんきょ》生活してるから。でも、もうすぐ家族が増えるかも……なんてね」

意味深にカエデを見て微笑《ほほえ》んだ五木。警部が「なんですかそれ。聞いてないですよ？」と食いついたが、「そのうちわかるよ」とかわしてリビングに入っていく。

白壁にフローリングの床、ウッディな家具。ナチュラルモダンなインテリアの広いダイニングには、五名の男女が長方形の大テーブルに着いていた。

「皆さん、スペシャルゲストを紹介します。こちら、大学時代の後輩で警視庁の久留米《くるめ》斗真警部。それから、助手の燕《つばめ》カエデさんです」

一瞬だけ、集まっている男女のあいだに緊張が走った気がした。飛び入りゲストが警視庁の警部だと知ったからだろうか。

しかし、すぐにそれぞれが笑顔になり、会釈《えしゃく》を寄こした。

「じゃあ、順番に自己紹介をしてもらおうか。まずは三好《みよし》ちゃんから」

五木に指名され、背広姿の真面目そうな男性が席を立つ。シャツの胸ポケットにタバコの箱が入っている。

「三好宏太《こうた》です。保険の営業やってます。五木さんとは公私ともにお付き合いさせていただいてます」

「なんだよ三好ちゃん、堅いなあ。本当は柔柔《やわやわ》なくせに」

「いや、いきなり指名されて柔柔にはなれませんて」

目の横に皺《しわ》を作る三好。人の好さそうな笑顔だ。

「三好ちゃんはこう見えて、トップクラスの営業マンなんだ。で、その横が太田《おおた》くん。経営コンサルティング会社の経営者だ」

「太田庄司《しょうじ》です。よろしくお願いします。五木さんのゴルフ仲間です」

ラフなポロシャツにチノパン。いかにもゴルフ好きがしそうなファッションの太田。目つきが鋭く、どことなく切れ者感が漂っている。五木と同様に、顔が陽に焼けている。

「で、太田くんの隣にいるのがいつもお世話になってるレストランのオーナーシェフ、七海猛《ななみたける》さん。彼もゴルフ仲間なんだ」

白髪《しらが》交じりのダンディな中年男性が、背筋を伸ばして立ち上がる。今日はニットにスラックスだが、コックコートも似合いそうだ。

「七海です。この辺りで二軒のカフェレストランを経営してます」

カエデと警部は、ゲストたちと順番に挨拶を交わしていく。

「七海さんの向かい側は、プロダクトデザイナーの立花《たちばな》チカ。今日の食器やカトラリーは、すべてチカがデザインしたものなんだ」

「こんばんは。チカって呼んでくださいね」

緑と赤のストライプ柄のワンピース。黒髪のショートボブ。真っ赤なルージュが目を引くチカは、デザイナーだけに洗練された雰囲気の女性である。両手に指輪やブレスレットをつけ、長い爪に赤のネイルアートをしている。

「チカの隣が中谷奈津《なかたになつ》。奈津は舞台の脚本家なんだ」

「それだけじゃないでしょ」とチカが横から割り込んでくる。

「奈津さんは五木の婚約者なの。ね？」

「おい、いきなりバラすなよ。照れるじゃないか」

と言いながらもうれしそうな五木。「もうすぐ家族が増えるかも」との五木の発言は、婚約者の存在を意味していたのだろう。

警部が「先輩、おめでとうございます。今夜は婚約祝いだったんですね。知らずに失礼しました」と笑顔を向ける。

「いや、そんなんじゃない。正式に決まったら改めて招待するよ。なあ奈津？」

「そうね。まだ先の話だから」

グレーのジャケットに黒いフレアパンツ。ジャケットの胸ポケットに金色の万年筆を挿《さ》した奈津が、静かに立ち上がる。

「中谷奈津です。警察の方にお会いできるなんて光栄です。ミステリーを書くこともあるので、お話を聞かせてください」

おっとりとした話し方の奈津。脚本家よりも保育園の先生が似合いそうな、穏やかでやさしそうな女性だ。長い髪を後ろで結び、爪もキレイに切り揃《そろ》えられている。

カエデは頭の中で、紹介された人物の顔と名前を反芻《はんすう》した。

えっと、男性は保険の三好さん、コンサルの太田さん、シェフの七海さん。女性はデザイナーのチカさんと、脚本家の奈津さん。奈津さんは五木さんの婚約者。よし、覚えた！

自己紹介が終わると同時に、ダイニングの中央にあったバイキング台に様々な料理が用意された。料理を運んできたのは、白いコックコート姿の青年。長身で目鼻立ちの整った、なかなかのイケメンである。

「今夜の料理は、七海さんの店の金城圭《かねしろけい》くんが準備してくれたんだ。金城くんは俺が見込んだ新米シェフ。料理にも期待してくれよ」

五木に紹介され、金城が頭を下げる。

「私が言うのもどうかと思いますけど、金城はいい腕を持ってるんですよ」

オーナーシェフである七海にも言われ、金城は恥ずかしそうに微笑んだ。

「まだまだ勉強中ですが、よろしくお願いします」

再び挨拶《あいさつ》をしてから、金城はダイニングの隣にあるキッチンへ戻っていった。扉のないキッチンの出入り口から、肉を焼いているような香ばしい薫《かお》りが漂ってくる。メイン料理の準備でもしているのだろうか。

グルメ警部の横に座ったカエデは、お腹が鳴らないように細心《さいしん》の注意を払っていた。

「じゃあ、乾杯しましょうか。今日はシャンパンじゃなくて自家製梅酒のソーダ割りを用意しました。では、乾杯！」

五木の音頭で、各自がグラスを掲げた。カエデだけは自家製梅シロップのソーダ割りをもらっていたのだが、ひと口飲んで驚いた。

「爽やかで美味《おい》しい！」

ヤバ、声が出ちゃった！

「うむ、さすがです。この梅酒も素晴らしい。清々《すがすが》しい青梅の香りと濃厚なコク。市販のものとは比べ物にならない」

グルメ警部がカエデ以上の大声を出してくれた。

「うれしいなあ。その梅酒、さっき斗真にあげたのと一緒なんだけどね」

五木がクシャッと笑う。

「梅シロップは有機《ゆうき》栽培のオーガニック青梅に、氷砂糖を加えて寝かせたもの。梅酒はそれにホワイトリカーをたっぷり入れて、半年間寝かせたものなんだ。料理にも合うはずだから、ゆっくり味わっていってよ。あ、オーガニックのワインも白と赤を用意してある。好きに飲んで食べてって」

「五木さん、ご親切にしていただいて、本当にありがとうございます」

カエデは感動すら覚えていた。

なんて心の広い人なのだろう。裕福《ゆうふく》で気前がよくて、手作りの飲み物を振る舞ってくれる。こんな男性と結婚する女性は幸せだろうな。

婚約者の奈津に目をやると、美味しそうに梅酒のソーダ割りを味わっている。胸ポケットに挿された金色の万年筆が、やけに高価なものに思えてくる。

「お料理を簡単にご説明します」

再び現れた金城が、バイキング台の前に歩み寄った。

「冷菜《れいさい》は、〝天然サーモンと長芋《ながいも》の胡麻《ごま》醬油《じょうゆ》マリネ〟〝奥多摩《おくたま》ワサビと天然イワナのコンフィ〟〝アーモンド入りマッシュポテト〟〝オーガニックローストビーフのサラダ〟。温かいお料理は、〝奥多摩キノコのフリット〟〝洋風ふろふき大根〟〝手作り豆腐の和風グラタン〟〝オーガニック黒豚の酒粕《さけかす》入り岩塩《がんえん》焼き〟。お食事として、〝五穀米《ごこくまい》のほうれん草カレー〟もご用意しております。のちほどデザートもお持ちしますので、どうぞお楽しみくださいさい」

キャー、どれも美味しそう！　憧れのバイキング料理！

「ブッフェなんて久しぶりだな」と、警部が横でつぶやく。

「バイキングとブッフェって、同じ意味ですよね？」

カエデは確認せずにはいられない。

「ブッフェはフランス語のbuffet（ブッフェ）からきていて、立食形式やセルフサービス形式の食事を意味する。バイキングの発祥は日本。一九五〇年代に、帝国ホテルが食べ放題形式をメニューに取り入れ、〝インペリアル・バイキング〟と名づけて提供したのが始まりとされている。今はほぼ同じ意味だと思っていいだろう」

「そうなんですね。マジで勉強になります」

さすが美食家。グルメに関することならなんでも答えてくれる。

「せっかくの五木先輩のご好意だ。我々もいただいていこう」

「はい。わたし、全部制覇《せいは》します！」

早速バイキング台へと急ぐ。料理を少しずつ皿に盛り、テーブル席に戻ってフォークを構える。

チカがデザインしたというフォークは、木製の柄《え》の先端が丸くカーブした個性的なフォルム。セットとなっているスプーンやナイフも同様に、柄の先端がカーブしている。取り皿の形状はごく普通だが、縁をぐるりと囲むように三つ葉が描かれており、探すとひとつだけ四つ葉が混ざっているらしい。

「すごい。ステキな食器ですね」

「あら、ありがとう」と、対面に座るチカが妖艶に微笑む。

どれも遊び心あふれるデザインだが、カエデは取り皿の四つ葉を探すよりも、料理と対峙《たいじ》するほうに全意識を注《そそ》いでいた。

「いただきます！」

まずは、〝天然サーモンと長芋の胡麻醤油マリネ〟から。たっぷりと脂《あぶら》ののったサーモンと、粘《ねば》り気と歯ごたえのある長芋。トロリ&シャクシャクの食感が繰り返され、何度でも咀嚼《そしゃく》したくなる。サッパリとした醤油ダレが、リピートの魔力をより強くしている。塩味は薄めだけど、素材の味が濃いのでかなりの満足感がある一品だ。

続いて手をつけた〝奥多摩ワサビと天然イワナのコンフィ〟も美味だった。低温のオリーブオイルでじっくりと煮たイワナは、骨まで食べられる柔らかさで、缶詰のオイルサーディンとは比べ物にならないくらい、しっかりとした味わい。地場のワサビでほんのりと利かせた辛みと、粒胡椒《つぶこしょう》、黒オリーブ、ローズマリーなどの香草《こうそう》が最高のアクセントとなっている。一尾《いちび》をマッハで食べ終えてしまったが、許されるのならもう一尾お代わりをしたい。

〝アーモンド入りマッシュポテト〟のポテトは、じゃが芋ではなく黄金色のさつま芋だった。甘くてねっとりしたさつま芋のマッシュからはミルクの風味が漂い、香ばしいアーモンドのカリッとした歯ごたえがクセになる味わい。塩辛い料理の合間に甘い料理を食べると、また塩辛い料理が食べたくなる。辛い、甘い、辛い、甘い――まさに無限ループだ。最高のサイドディッシュと呼んでいいだろう。

野菜の種類の多さに感嘆《かんたん》したのが、〝オーガニックローストビーフのサラダ〟である。サラダ菜、ブロッコリー、赤カブ、カリフラワー、水菜《みずな》、セリ、蓮根《れんこん》など、この時期が旬とされる野菜がたっぷり。そこに、噛《か》めば噛むほど旨《うま》みが出てくるひと口大のローストビーフが、これでもか、と言わんばかりに入っていて、食べ応えがある。ドレッシングはオリーブオイルとレモンのみ。天然塩を使用しているのだろう。マイルドな塩味が素材の味を引き立てている。

〝奥多摩キノコのフリット〟は、この辺りの山で採れたという平茸《ひらたけ》と椎茸《しいたけ》。どれも肉厚で香りが高い。サックリと揚がったフリットを、卵の黄身とレモン汁などで作るオランデーズソースか、藻塩《もしお》で食べる。温かい料理は保温容器の上に載っているので、いつまでも冷めないでいてくれるのがありがたい。

コンソメとベーコンの出汁《だし》で柔らかく煮た〝洋風ふろふき大根〟は、口の中でホロホロと崩れていく大根と、味噌入りデミグラスソースとの相性が抜群。たまに苦みを感じるのは、味噌にフキノトウが混じっているからだ。家庭料理のようでありながらも、細部にプロの仕事が垣間《かいま》見える、実にやさしい味わいの料理だった。

〝手作り豆腐の和風グラタン〟は、風味の濃い絹《きぬ》ごし豆腐に鶏ひき肉と納豆《なっとう》のミートソースをかけ、さらにとろけるチーズをたっぷり載せてこんがりと焼いたグラタンだ。ソースからは和風出汁と、隠し味の山椒《さんしょう》がピリッと香ってくる。山椒の刺激で食欲がスパークしてしまいそうだ。

そして、今夜のメインと呼ぶに相応《ふさわ》しいのが、食べやすくスライスしてある〝オーガニック黒豚の酒粕入り岩塩焼き〟だ。黒豚ロース肉の塊に、近所の酒蔵《さかぐら》からもらったという酒粕と岩塩をまとわせ、オーブンで焼いただけなのに、手の込んだ洋食以上の美味しさ。甘みの強い脂身と肉汁がしたたる赤身を一緒に口にすると、身体の隅々まで旨みで満たされる気がしてくる。お好みでかけるのは、肉汁に酒を加えて煮詰め、刻みワサビを入れたソース。かけてもいいけど、そのままで食べたほうが素材の良さを味わえる。

あー、美味しい。どれもこれもすっごく美味しい。幸せだ……。

「カエデさん、素晴らしい食べっぷりですね」

いきなり声をかけられたので、そのとき食べていた〝五穀米のほうれん草カレー〟にむせそうになってしまった。急いで梅シロップのソーダ割りを飲む。

「ああ、すみません。食事を続けてください」と笑みを見せたのは、白髪交じりのオーナーシェフ、七海だった。

大きなダイニングテーブルは、誰かが立ち上がると別の誰かがそこに座り、常に席が入れ替わっていた。

「どのお料理も美味しくて、手が止まらなくなっちゃいました。これもスパイスの効いた本格的なインドカレーなんですね。ほうれん草の味がしっかりしてて本当に美味しい。五穀米ともよく合います」

「それはありがたいお言葉だ。今夜はうちの金城が腕を振るったんです。少しあわて者なところがあるけど、もう一人前と言ってもいいくらいセンスのいい料理人なんですよ」

「七海さんと金城さんのお店は、どちらにあるんですか？」

「これは失礼。名刺の裏に店舗の住所が入っています。オーガニックにこだわるカフェレストランです」

七海から手渡された名刺には、〝オーガ・本店〟〝オーガ・カフェ〟という、ふたつの店舗の住所が入っていた。どちらも青梅市内にある。

「今度、店のほうにも来てください。ここからもすぐなので、五木さんが奈津さんと一緒によく来てくれるんです。どちらも渓谷《けいこく》沿いにあるので、窓からの眺めも自慢なんですよ」

「行きたいです！」

勢いよく返事をしたら、脚本家の奈津から警察の仕事について質問責めにされていたグルメ警部が、カエデたちの会話に入ってきた。

「どの料理も野菜の味が濃いですね。魚も肉も鮮度《せんど》がいい。味つけは薄めなのに風味は強い。七海さんのお店、私もぜひ確保、いや、伺わせてください」

今、「確保させてください」って言おうとしましたよね？　しましたよね！

とツッコミたい気持ちをグッと抑える。

「ありがとうございます。金城もよろこびます」

警部の賞賛《しょうさん》に、七海が笑みを見せる。

そこに、ホストの五木が歩み寄ってきた。

「今さ、オーガニックに凝《こ》ってるんだ。今夜の料理はすべてグルテンフリー、野菜は奥多摩の有機野菜。魚や肉も天然もので、調味料も酒もすべて無添加。一度オーガニックに慣れちゃうと、二度と戻れないもんなんだよな」

「先輩、昔はジャンクフード好きだったのに、すっかり変わっちゃったんですね」

「いつの話だよ。大学の頃だろ？　ああでも、斗真は昔からジャンクっぽい食べ物は苦手だったよな。大学時代から食にこだわりがあった。ヘタなもん口にするくらいなら食べなくてもいい、ってな」

「今も考え方は変わらないですね。人生は有限。食事もしかり。それを、美味《うま》くもない食べ物で無駄にしたくない。質素でもいいから、心から美味しいと感謝できる食事をしていたいんですよ。今夜も先輩とシェフに感謝です」

「だろ？　七海さんのオーガニック料理は最高なんだよ。弟子の金城くんも大したもんだ。今日のゲストは全員、オーガックにこだわってる人たちなんだ。実は、みんなとは七海さんの店で知り合ったんだよ。本店の周年パーティーで意気投合してさ」

「へー、そうだったんですね」

相槌《あいづち》を打ったカエデは、内心で類は友を呼ぶのだなと思っていた。

オーガニック食品やレストランは総じて値段が高い。質がいいのだから当然なのだろうが、一般庶民よりも富裕層の支持者が多いイメージがある。ここにいるゲストたちも、比較的裕福な人ばかりなのだろう。

先ほどからゴルフ旅行の相談で盛り上がっている、保険の三好とコンサルの太田。デザイナーのチカは脚本家の奈津とファッションの話をしている。グルメ警部は五木と七海を相手に、グルメ話をし始めた。それぞれがオーガニック料理と酒に舌鼓《したつづみ》を打ち、おしゃべりを楽しんでいる。

愛車のエンストは悲しかったが、そのお陰でこんな内輪《うちわ》の集《つど》いに参加できた。料理も美味しいし、結果オーライということにしておこう。

カエデはもう一度だけ各料理を皿に盛り、テーブルの隅で胃に詰め込んだ。まだ食べられそうなのだが、飛び入りの存在なのでほどほどにしておく。

「ごちそうさまでした」と小さくつぶやき、柄の先が丸まったスプーンを空になった取り皿に置いた。腕時計を見ると、そろそろ一時間が経とうとしている。夢中で食事をしているうちに、レッカー車の到着まで約一時間半となっていた。

「特製のデザートをお持ちしました」

コックコート姿の金城が、食後のデザートを運んできた。

大皿の上に載せられた、ワンホールのケーキ。サイズは7号くらいだろうか、八人で食べるには十分な大きさだ。ホイップクリームの中央に真っ赤な苺《いちご》を敷き詰めた、見目麗《うるわ》しいショートケーキである。

なぜか、ケーキの周囲にホイップクリームで数字が小さく描かれている。1から8までの数字だ。

「オーガニックショートケーキです。米粉《こめこ》とメイプルシロップ、葛《くず》などで作ったスポンジに、豆乳ホイップクリームをコーティングし、有機栽培の苺を飾りました。八名様でお召し上がりになるので、カットしやすいように数字を入れさせていただきました。すぐに温かいお飲み物と、冷たいデザートのワゴンもお持ちします」

金城はショートケーキと取り皿とフォーク、カット用のナイフをテーブルに置き、キッチンへ戻っていった。フォークもナイフも柄の先が丸くカーブしている。チカがデザインしたものだ。

えー！　オーガニックショートケーキ？　さらに冷たいデザートのワゴン⁉　なんてラッキーなんだろう。ありがとう、エンスト！　ありがとう、グルメ警部と五木さん！

心中で叫ぶカエデの前で、五木がナイフを手にした。

「俺がカットするね。普通のケーキより柔らかいから、切るのが大変なんだよな……」

と言いつつも、五木はほぼ均等にケーキを切り分けていく。

なるほどねー。だから1から8まで数字を入れたんだ。数字と数字のあいだにナイフを入れれば、キレイに八等分できるから。なかなか考えたなあ。有機栽培の苺、大粒で真っ赤で美味しそう……。

熱い視線を送っているうちに、八つのピースが取り皿に載せられた。

「――はい、皆さん、好きな数字を取ってください。早速、俺から取らせてもらうね。奈津の分も」

五木は5のピースを自分用に取り、1のピースを隣にいた奈津に渡した。

「五木だから5を取ったのね」と奈津が微笑む。

「そう。自分の名前にある数字は……」

「縁起《えんぎ》がいいんでしょ。あなた、いつもそう言うのよね。じゃあ、なぜ1を私にくれたの？」

「意味はない。なんとなくだ。あえて言うなら、君が俺の一番だから」

「やだな竜也、酔ってるでしょ。飲みすぎ」

「かもなー」

仲睦《なかむつ》まじい五木と奈津。ふたりを「ごちそうさまです！」と冷やかしてから、三好が「じゃあ、僕もラッキーナンバーってことで」と3のピースを手に取る。

「そう言われると、私も7が欲しくなりますね」

七海が7のピースを取る。

「俺、そういう縁起担《かつ》ぎって信じないんだよな。だから適当で」と太田が2を取り、「あたしも。何番でもいいわ」と言ってチカが4を取る。

残った6を警部が、8をカエデが取った。

「これ、特注のオーガニックショートケーキなんだ。今、温かい飲み物も用意するから」

五木が満面の笑みを見せると同時に、金城が車輪付きワゴンを押してキッチンから現れた。

「オーガニックコーヒーと紅茶、冷たいデザートをお持ちしました」

ワゴンの上には、飲み物の容器と食器、三種類のスイーツが並んでいる。

まずは、大きな四角い抹茶色ババロアの上に、豆乳ホイップクリームを点々と飾りつけた〝豆乳抹茶ババロア〟。

そして、これまた大きなプリン型ゼリーの中に、枝付きのチェリーが点在する

〝赤ワインとレッドチェリーの寒天ゼリー〟。赤ワイン色の透明なゼリーの上にも、チェリーが美しく飾られている。

カットされた洋梨《ようなし》の梅シロップ漬けもあった。〝洋梨のコンポート〟だ。ガラスの深皿にたっぷりと入っている。

「冷たいデザートもバイキングだなんて、豪華ですねえ」

「だな。カエデの大食いが心配だったけど、これなら大丈夫そうだ」

「これも全制覇しちゃっていいですか？」

「いいけど、今夜は常識の範囲内で頼む」

「もちろんです。お料理だって爆食いはしてませんから」

そんなどうでもいい会話を警部としていたら、斜め前に座っていた奈津が「うれしいな」とつぶやいた。

「オーガニックのショートケーキ、大好きなの。いただきます」

奈津は早速、1のピースの端っ子をフォークで崩している。

カエデも8のピースに手をつけようとしたのだが……。

「……ああっ！」とワゴンを押していた金城が叫び声をあげた。

ガシャッと音が響き、ワゴン上の容器が床に落ちる。湯気の立つコーヒーがフローリング床に広がり、コーヒーの香りが立ち込めていく。

「失礼しました！　すぐに代えをお持ちします！」

布ナプキンで床を拭く金城の元に、五木と奈津が駆《か》け寄り手伝い始める。カエデも床拭《ゆかぶ》きを手伝おうとしたのだが、五木から「ゲストさんは大丈夫です」とやんわりと断わられた。

「片づけはするから、金城くんはコーヒーの代えを頼む」

五木に言われ、金城が汚れたナプキンと空になってしまった容器を手に、キッチンへと急ぐ。

「五木さん、申しわけないです。うちの金城はあわて者でして」

七海が謝ると、五木は呆《あき》れ顔をした。

「ホント。そこが玉に瑕《きず》ですよね。料理の腕はいいのに」

「竜也、コーヒー淹《い》れるの手伝ってくれば？　金城さんパニクってるかもしれないし。あとは私がやっとくよ」

奈津が提案すると、「それなら私がコーヒーを」と七海が申し出た。

五木は「七海さん、すみません。僕も手伝います。皆さんはちょっと待っててくださいね」と言って、七海と共にキッチンへ消えた。

こぼれたコーヒーを片づけた奈津が、「あら？」と言って窓を指差した。

「見てください。雪が強くなってきましたよ」

「マジですか？　早めに帰らないと。傘ないし」と三好が窓辺に歩み寄り、太田も
「だな。俺も持ってきてないわ」と三好の横に並ぶ。

「ふたりとも準備が悪いわね。あたし、いつも折りたたみ傘持ってるの。自分がデザインしたヤツ。超コンパクトサイズ」

チカは誇らしげに肩を揺らす。

カエデも窓の外に目をやった。

パットゴルフの練習場がある広い庭に、白い雪がうっすらと積もっている。

こんなに降るとは思わなかったな。チェーン積んでないから、レッカー車を頼んでよかったかも。

カエデは胸を撫《な》で下ろし、ダイニングテーブルに置いたショートケーキのピースを見た。豆乳ホイップクリームで描かれた8の字が、「早く食べて」と誘っている気がする。1から7までのピースもテーブルに置かれている。誰もが食べるタイミングを逸してしまっていた。

ふと警部を見ると、飲み物とデザートの載ったワゴンを、腕を組んで見つめてい

た。きっと彼も、早く冷たいデザートを食べたいのだろう。

ほどなく、五木と七海が金城と共にダイニングへ戻ってきた。

金城が「大変失礼しました」と頭を下げてコーヒー容器をワゴンに置く。

「お飲み物をお注ぎしますので、コーヒーか紅茶をお選びください」

「待ってました。金城くん、ありがとね。僕はコーヒーで」と三好がワゴンに向かう。他のゲストも飲み物を取りにワゴンへ集まっていく。

男性陣はコーヒー、女性陣は紅茶を選んだ。

カエデも金城から紅茶を注いでもらい、ついでに手つかずで鎮座《ちんざ》する冷たいデザートを横目でチェックする。

どれから食べようかな……。味の薄い順番にしよう。

まずは、上にチェリーを飾った〝赤ワインとレッドチェリーの寒天ゼリー〟を、サーバー用のスプーンですくおう。次に、梅シロップに漬けてある〝洋梨のコンポート〟をいくつか載せる。最後に、豆乳ホイップクリームを飾った〝豆乳抹茶ババロア〟をすくって三種類を皿に盛るのだ。

ううう、もう我慢できない。お皿に盛っちゃおう。

寒天ゼリーの前に立ち、取り皿とサーバー用スプーンに手を伸ばそうとしたのだが、横から金城が話しかけてきた。

「……あの、できればショートケーキから食べてもらえませんか。せっかく五木さんがカットしたので」

「は、はい」

金城さんの言う通りだ。まずはオーガニックショートケーキを食べないと。わたしったら、なんてはしたない食いしん坊なの！　バカバカ！

頬を赤らめたカエデの前で、五木が声を張りあげた。

「お待たせしました。特製のオーガニックケーキを食べましょう。えっと、俺のは5だったよな。奈津はこれね」

「はいはい」と奈津が1のピース皿を手に持つ。他の者も自分が選んだ数字のピース皿を持ち、チカがデザインしたフォークを構える。

「じゃあ、今度こそいただきます」

奈津が先陣を切り、ケーキをカットして口に運んだ。

「すみません、わたしもいただきます」

カエデも半分ほどカットしてワシッと頬張った。

「美味しい！　軽い！　オーガニックケーキなんて初めてです！」

感激するカエデに釣られたのか、誰もが即座《そくざ》にケーキを食べ始める。

フワフワで軽やかな生地《きじ》に、甘さ控《ひか》えめの豆乳ホイップクリームがたっぷりとコーティングされている。飾りの苺はもちろん、生地のあいだのクリームに混ざった苺も、めちゃめちゃ甘くて香りが強い。カロリーも低めだろうし、これなら何個でもイケそうだ。

あっという間にケーキを平らげ、いよいよ冷たいデザートを取りに行こうとしたら、五木が「奈津！」と大声で婚約者を呼んだ。

「どうしたの？」

奈津は空の皿を手に怪訝《けげん》そうな顔をしている。

「そのケーキ、全部食べたのかっ⁉」

「食べたよ。美味しかったけど、どうかしたの？」

尋常《じんじょう》ではない様子の五木に、全員の視線が集まる。

「ゆ、指輪《ゆびわ》。ケーキの中に指輪が入ってなかったか？」

「指輪？　何もなかったけど……」

すると五木が「そんなバカな！」と叫んだ。

「ルビーの指輪が入ってたはずなんだ。奈津にプレゼントする婚約指輪だよ。一体どこに行ったんだ⁉」

◈

実は、五木は婚約者の奈津のために、サプライズを用意していた。ショートケーキの中に、ラップで包んだ婚約指輪を仕込んだのだ。奈津が食べようとしたら、中から出てくるはずだったという。

しかし、すでに全員がケーキを完食していたが、ルビーの指輪はどのピースにも入っていなかった。

ざわつく一同の中で、警部が五木に穏やかに質問をした。

「先輩、このケーキ、どなたが作ったんですか？」

「もちろん金城くんだよ。スポンジの段階で、俺が横から指輪を押し込んだんだ。そのあと、金城くんが豆乳クリームでコーティングして、苺を飾って冷蔵庫に入れた。指輪が入ってる辺りはクリームを高く盛って、間違えないようにしてもらった。そこまではちゃんと見てたから、指輪は絶対に入ってるはずなんだよ」

五木の早口の声には、明らかに焦りが滲《にじ》んでいる。

「数字を入れるところまでは見なかったんですか？」

「ああ。斗真たちが参加するって決まってから、8までの数字を金城くんが描《か》いてくれることになった。で、俺は指輪の入ったところに1を入れてくれって頼んで、ゲストを迎えに行った。で、さっき八等分にカットして、1のピースを奈津に渡したんだ」

そこまで警部に説明してから、五木は金城に問いかけた。

「金城くん、ちゃんと指輪を入れたところに1（いち）を描いたよな？」

「ええ、クリームで『しち』を描きました」

「しち？　もしかして7（なな）のことか？」

「そうですけど……、いち？　しちじゃなかったんですか？」

青ざめていく金城。なんと彼は、1（いち）と7（しち）を聞き間違えた。五木が指輪を入れた箇所《かしょ》に、7を描いてしまったらしいのだ。

「も、申しわけありません！　最近、耳の調子が悪くて。せっかくのサプライズを台無しにしてしまって、本当にすみません！」

「まじかよ……」

平謝りする金城を、五木が睨《にら》みつける。

指輪をもらうはずだった奈津が、「ねえ、その7のピースを食べたのって、確か……」と言葉を濁《にご》す。

「私です」と即答したのは、オーナーシェフの七海だった。

自分の名前の入った数字は縁起がいい。そんな五木の言葉で、七海が自《みずか》ら7を選んだことを、その場にいたカエデも覚えていた。

「七海さん、7のピースに指輪が入ってたはずなんです。時価総額で五百万は下らない、大きなルビーの指輪なんですけど……」

五木の不安そうな声で、全員の視線が七海に集まる。

「し、知らない。私のピースにも何も入ってなかった。信じてください！」

あわてた七海が、叫び声をあげた。


「皆さん、動かないで。ここから出ないでくださいね」

グルメ警部が静かに言った。

「今、我々が食べたショートケーキの中に、ビニールラップにくるまれたルビーの指輪が入っていたそうです。その指輪を見た方はいませんか？　いたら挙手《きょしゅ》してください」

シン、と静まる一同。金城だけが手を挙げる。

「僕は、五木さんが指輪をスポンジに入れるところを見ました。その上にだけクリームを多めに塗って目印にしてから、冷蔵庫に仕舞いました。数字をデコレーションしたときも、ケーキに異常はなかったです」

「あーら、金城さん。実は、指輪を取り出してまたデコレーションし直した、なんてことはないのかしら？」

腕を組んだチカが、赤い唇《くちびる》を開く。

「だって、金城さんだけがキッチンにこもってたのよ。調理の合間にケーキから指輪を取り出すくらい、なんでもないでしょ？」

「確かにそうだな。最初からケーキに指輪は入ってなかった。それが正解なんじゃないか？」

太田が鋭い視線を金城に向けた。

「疑いたくはないけど、状況的には金城くんが不利だよねえ」

三好の声には同情が混じっている。

「僕は何もしてない。五木さんに言われた通りのことしかしてないです。疑うのなら、キッチンの監視カメラを見てください」

「監視カメラ？　監視カメラがあるんですか？」

　警部が五木に尋ねると、彼は「キッチンにだけだ」と言った。

「高価な指輪を預けるんだから、そのくらいはさせてもらわないと。流し台とか冷蔵庫とか、死角《しかく》がないように何台か設置した。言っとくけど、ほかの部屋にはカメラなんてついてないよ。扉や窓のセキュリティは万全だけど」

「五木さんの言う通りです。僕がキッチンで不正をしたら、カメラに証拠が残るんです。1を7だと思ってしまったのは痛恨《つうこん》のミスですけど、7のピースには指輪が入ってたはずなんですよ」

　必死に説明する金城を、七海がギロリと睨む。

「つまり、金城は私が指輪をどうにかした、と言いたいのか？　7を選んでしまったのは私だからな」

「ち、違います！　七海シェフだって、指輪が入ってたら気づくはずです。かなり大きなルビーの指輪だったんですから」

「じゃあ、その指輪はどこに行ったんだ？　金城、教えてくれよ」

「……わかりません。すみません。七海シェフが疑われるような状況になってしまって……」

「そうだ。君のミスのせいだ。金城はミスが多すぎるんだよ！　今日だってコーヒーはこぼすわ、ケーキの数字を間違えるわ、それ以外にもミスがあったよな。せっかくの集まりなのに、五木さんに申しわけないよ。あわてるなっていつも言ってるじゃないか！」

　七海は従業員の金城に怒りを向けている。

「待ってください。ここで言い合っていても埒《らち》が明かない。まずは、指輪がどこかにないか探しましょう。幸いなことに、私は警視庁の一員。本来なら所轄《しょかつ》の警察を呼ぶべきなのでしょうが、それを待つより早く解決できるかもしれません」

　落ち着き払った警部の言葉に、異論を唱える者は皆無だった。

「先輩、ルビーの大きさと指輪の形状を教えてください」

「僕の人差し指の先くらい。楕円《だえん》形の真っ赤なルビーだ。それがプラチナのリングについている。写真を撮ってあるから見てくれ」

　五木がスマホの画像を見せた。かなり大きなルビーが嵌《は》め込まれた指輪だ。小さな石のピアスなどと比べたら、まだ探しやすいはずである。

「皆さんはダイニングから出ないでください。部屋の中を調べます。キッチンも同様に調べますので、テーブルから動かないでくださいね。お手洗いに行く方は、ひと声かけてください」

警部は、持ち込んであったバッグの中から透明なビニール手袋を出し、両手にはめた。カエデも同じ手袋をはめる。

ふたりでテーブルや椅子の下からワゴンの裏、窓のサッシまで入念《にゅうねん》に調べた。庭へと続くガラスドアを開けて外も見たが、白く積もり始めた雪には足跡ひとつない。目立ちそうな赤い宝石も目視できない。

キッチンは探すのが大変だった。棚や冷蔵庫にいろいろなものが詰まっているからだ。それでも、生ゴミ入れまで丁寧に捜索したが、ルビーの指輪らしきものはどこからも出てこない。

グルメ警部はダイニングに戻り、おとなしく待機していた一同に話しかけた。

「ショートケーキがダイニングに運ばれてから、廊下に出た人はいませんか？　お手洗いとか玄関とか」

その場の誰もが、警部に向かって首を横に振る。

カエデが覚えている限り、それは本当だった。誰も廊下には行っていない。

「では、キッチンから廊下に出た人は？」

「キッチンから廊下に出る戸の鍵は外から閉まってる。だから、金城くんはダイニングからじゃないと廊下には出られなかったはずだ」

五木が答えたので、金城はキッチンから出ていないことが明らかになった。

「なんなんだよ一体。指輪はどこに行ったんだよ！」

激高《げきこう》する五木。婚約者の奈津がその腕を慰めるように押さえ、「疑わしいのは、ケーキに細工ができた金城さん。7のピースを食べた七海さん。ミステリー的に考えると、おふたりに疑いがかかりそうですね。あくまでも創作の話だけど」と、脚本家らしい意見を述べる。

すると金城が、「あの、お願いがあります」と小声を発した。

「僕の身体検査と荷物検査をしてください。指輪が出てこないのだから、疑いを晴らすにはそうするしかないと思うんです」

必死の様相《ようそう》の金城に、七海が「そうだな」と頷《うなず》いた。

「私も身体検査を希望します。濡《ぬ》れ衣《ぎぬ》だけは避《さ》けたいので。どうかお願いします」

七海も懇願《こんがん》したため、「なら、僕もお願いします。ここでやらないと自分も疑われそうだから」と三好も言い出し、「面倒なことになったな……」とボヤきつつ太田も承諾《しょうだく》。奈津とチカも渋々ながら同意した。どの人も表情が曇《くも》っている。気分がいいわけがない。

「では、私たちが検査させてもらいます。カエデ、女性たちを頼む。念のため、奈津さんも調べさせてもらう。私は五木さんも調べる」

「は、はい！」

デザートタイムだったダイニングは一変し、取調室《とりしらべしつ》と化してしまった。なにしろ、高価な指輪の窃盗《せっとう》事件が発生したのかもしれないのである。レッカー車の到着が気になるが、まだ時間はある。

「ジャケット類は脱《ぬ》いでもらい、ポケットなどを見てから入念に触っていく。あのくらいの指輪があれば、触感《しょっかん》でわかるはずだ。ボディも同様に、全身を触らせてもらうんだ。布越しに異物感があったら、そこをチェックする。いいな」

「了解です」

グルメ警部は、七海から検査を始めた。

「七海さん、失礼。ジャケットを脱いでもらえますか」

「潔白《けっぱく》を証明するためです。どこを調べてもらっても構いません」

七海がジャケットを脱ぎ、スラックスまで脱ぎ出した。

一方、カエデは奈津とチカをキッチンへ連れていった。

「すみません、ジャケットを脱いでください」

カエデに言われ、奈津がブラウスだけになる。ジャケットのポケットからは、万年筆とハンカチ以外、何も出てこない。ブラウスとフレアパンツの上から恐る恐る身体に触れてみたが、指輪らしき突起物《とっきぶつ》は皆無だ。下着にも触れさせてもらったので、おそらくチェック漏《も》れはないだろう。

「私がもらうはずの指輪だったんですよ。隠すメリットなんてないと思いませんか？」

真顔で奈津に問われ、カエデは返す言葉もなく「すみません」と謝るばかりだった。

「ちょっと、あたしまで疑われるわけ？　心外だわ」

チカも不満そうだったが、ワンピースの上から全身をチェックさせてもらう。やはり、指輪らしき突起物はどこにもない。初めからつけていた指輪類も外してもらったけど、真っ赤なルビーは存在しない。

「当たり前じゃない。婚約指輪になんて興味ないから。でも、あなただって容疑者のひとりなのよ。あたしに調べさせてよ」

チカに言われ、手袋を渡す。ジョーゼットのジャケットを脱ぎ、ポケットの中を見てもらい、全身をくまなくチェックしてもらう。

「――何もないようだわね」

「チカさん、ご協力ありがとうございます」

カエデは次に、奈津とチカの荷物の中も調べさせてもらった。もちろん、自分のバッグの中身も奈津たちの前に晒《さら》していく。

そのどこからも、ルビーの指輪は出てこなかった。

男性陣の結果も同じだった。警部は五木に自分の身体や荷物を調べさせたが、何も出てくるわけがない。金城のコックコートもその下の服もチェックしたらしいが、彼も何も隠してはいなかった。各自の荷物からも。

要するに、この家で一同が食べたショートケーキの中から、ルビーの指輪は忽然《こつぜん》と消えてしまったのだ。

続いて、グルメ警部が各自の事情聴取をすることになった。

ダイニングの入り口付近に、三脚の椅子を置く。警部とカエデ、それから事情を聞く人物の椅子だ。部屋のＢＧＭを大きくすることで、他の者には会話を聞こえなくする。

「おひとりずつお呼びします。私の質問に答えてください。秘匿《ひとく》義務は守りますから、正直に話してくださいね。部屋にあるものは動かさないで。そのテーブルからも離れないでください」

指輪入りのケーキをデコレーションした金城と、7のピースを食べたことで怪しまれてしまった七海は、心配そうに警部を見ている。それ以外のゲストたちは、誰もがうんざりとした表情をしている。

警部が最初に呼んだのは、被害者である五木だった。

「何も話すことはないよ。奈津を驚かせようとして、ショートケーキに指輪を入れた。本当は、そのサプライズから皆に婚約の祝杯をしてもらおうと思ってたんだ」

「ケーキに数字を入れたのは、私とカエデがお邪魔したいとお願いしてからですよね？」

「そうだ。『丁度八人になるから、数字を描いて八等分にしたらどうでしょう。カットしやすくなりますから』って、金城くんが提案してくれたんだ。ヤツさえ間違えなければ、指輪は1のピースに入ってたはずだった。7に入ってしまった指輪がなぜ消えたのか、まったくわからない」

「先輩が指輪を用意していたこと、知っていたのは金城さんだけですか？」

「たぶんな。今日の昼頃、彼が準備に入ったときに指輪の件を話した。それからゲストが揃うまで……五時間以上はあったかな。その間に金城くんが誰かと連絡を取らない限り、知り得る人はいないはずだ。奈津だけは先に来て準備を手伝ってくれたけど、彼女には言わないように金城くんには頼んでおいた。サプライズなのにしゃべるほど、バカな男じゃないはずだから」

「なるほど。先輩、聞きにくいんですけど、ゲストの中に先輩か奈津さんに対して悪意を抱いてる人はいませんか？」

「……それはわからない。俺は、俺たちに好意的な人しか呼んでないつもりだ。けど、相手も同じとは限らないから。もしかしたら、憎悪を隠して付き合ってる人だっているかもしれない。だとしたら悲しいけどな」

意気消沈する五木。婚約祝いの宴にするはずが、とんだ災難である。

「これも聞きづらいのですが、この中に金銭的に困っている人はいませんか？　高価な指輪を見たら手に入れたいと思うくらい、困窮《こんきゅう》している人がいたら教えてください」

「困窮……。他人の懐《ふところ》事情はわからないな。興味もないし。ただ、みんな付き合いは長いし、七海さんの店にも頻繁に来る。仕事だってちゃんとしてる人たちばかりだ。疑わしい人間はいない、としか言えないよ」

「わかりました。ありがとうございます」

五木と警部が話しているあいだ、カエデは会話をスマホで録音しながら、ほかのゲストたちを見張っていた。不審《ふしん》な行動を取る者がいたら、警部に報告する手筈になっている。

その後、警部が話を聞いていった結果、仲の良さそうに見えた一同が、実はそうとも言えないことが判明した。

カエデは各自の証言を、記憶の箱の中で整理しておいた。

まず、金城は「わからない」の一点張り。自分のミスを悔やみながらも、「ずっとキッチンにいたので何も知らない」と言う。

だが、その他のゲストからは暴露話が飛び出していた。

※コンサルティング会社経営・太田庄司の証言
「ここだけの話だけど、保険営業の三好は、お得意様の五木のワガママに付き合わされてうんざりしていたんだよ。しかも、営業不調でカネに困っているらしい。今夜も新しい保険商品を五木に買ってもらうために来たんだと思う。カネのためなら

なんでもやるのが三好なんだ。俺からすれば、七海さんより三好のほうがよっぽど怪しいよ。そうそう、七海さんと言えばさ、金城くんとあんまりうまくいってなかったみたいなんだ。七海さんはドジな金城くんがうっとおしい。金城くんは厳しい七海さんがウザい。そんな風に見えるときが何度もあったよ」

※保険会社営業・三好宏太の証言

「コンサルの太田は五木に対抗心を燃やしているんだ。気に食わないと何度も言っていた。だから五木の足を引っ張りかねないね。もし金遣《づか》いの荒い太田が指輪を見つけたら、ねこばばしたくなるかもしれない。あと、チカは五木の元カノなんだ。まだ五木に未練があるんじゃないかな。嫉妬《しっと》深いから、奈津さんに嫌がらせをしてもおかしくない。しかも彼女は宝飾品《ほうしょくひん》マニア。どこかに指輪を隠している可能性もあると思う。奈津さんだって何を考えてるかわからない。女は怖いよな。あー、タバコが吸いたい。早く外に出してくれよ」

※プロダクトデザイナー・立花チカの証言

「奈津にとって五木は金づるよ。五木はいいように使われてるだけ。脚本家とか言ってるけど、ろくな仕事してないみたいだしね。五木だって、どこまで本気なんだかわからないわよ。とにかく惚《ほ》れっぽくて飽きやすい人だから。指輪のことは知らないし興味もないけど、ふたりの婚約を邪魔したい人の仕業なんじゃないかな。誰かはわからないけどね。あとさ、警部さんたちが来る前に、五木が金城さんを叱りつける声がキッチンから聞こえたの。『何やってんだよ！　それを出すしかないじゃないか！』みたいな。何をやらかしたのか知らないけど、金城さんって、かなり抜けてるわよね。ああ、今の話、秘匿《ひとく》にしてもらわなくてもいいわよ。あたし、隠し事って大嫌いなの」

※オーナーシェフ・七海猛の証言

「金城は私の弟子ですが、普段から注意力に欠けているんです。あまりにも同じ失敗を繰り返すので、思わず体罰《たいばつ》を加えたことも何度かありました。今夜も失敗が多かったですしね。私が調理を手伝えればよかったんですけど、どうしても外せない用事がありまして。でも警部さん、あのケーキ、本当に指輪が入ってたんですかね？　金城が途中で抜いたのかもしれませんよ。防犯カメラの目をすり抜けて。誰にだって誘惑《ゆうわく》に負けるときがあると思うんです。金城は給料も高くはなかったですし。本当はこんなこと、言いたくはないんですけどね」

※舞台脚本家・中谷奈津の証言
「竜也が指輪のサプライズを考えてたなんて、ぜんぜん知りませんでした。それが台無しになってしまってすごく悲しいです。金城さんの手伝いですか？　竜也から『金城ひとりだと心配だから、準備を手伝ってほしい』って言われたんです。私も金城さんがドジな人だって知ってたから、早めに来ました。調理もサポートしたけど、金城さんに不審な点はなかったと思います。たまに誰かとメールをしてたくらいですね。指輪を盗みたくなるくらいお金に困ってそうなのは……。七海さんかな。店舗を拡大しようとして失敗したらしいですよ。ほかの人には言わないでくださいね」

全員の話を聞いたカエデは、人が信じられなくなりそうになった。ゲストたちが例外なく、腹に一物《いちもつ》持っていたからだ。

だが、グルメ警部はどこか面白がっているように見えた。

警部は事情聴取の最後に、「両手を見せてください」と全員に頼んでいた。理由はカエデにもわからない。

何かを企んでいるような目つきで、警部は各自の手を眺めていた。

◈

「……あの、すみません」

事情聴取を終えたグルメ警部に、金城が弱々しく声をかけた。

「料理を片してもいいですか？　あと、出しっぱなしの冷たいデザートを、冷蔵庫に入れたいんです。このままだと形が崩《くず》れてしまうので」

「確かにそうですね。皆さん、もう料理は十分でしょうし、今さらデザートタイムにはしにくいでしょうしね。ですが、そのままにしておいてください」

「え？」

金城が呆《ほう》けたように警部を見ると、警部は再び口を開いた。

「そのままにしてください。なぜなら、そこに指輪があるからです」

「ええ――っ？」と叫んだカエデを筆頭《ひっとう》に、その場の誰もが驚愕《きょうがく》している。

「どういう意味だよ？　斗真、ちゃんと説明してくれよ！」

五木が警部に詰め寄った。

「実は、とっくに気づいていたんです。ルビーの指輪がどこにあるのか。でも、誰がなんのために隠したのかが不明だったので、探す振りや身体検査をして、事情聴取もしてみたんです。お陰で指輪を隠した犯人と、その動機まで推測できましたよ」

警部はゆったりと微笑み、料理皿が置かれたままのバイキング台と、その横のデザートワゴンのほうに歩み寄った。

「今夜のオーガニック料理、素晴らしかったですよね。でも、この中に皆さんが口にしないものがひとつだけ交じっている。そこが指輪の隠し場所なのだと思われます」

「……口にしないもの？　それってなんですか？」

さっぱりわからないカエデは、今一度料理とデザートを見た。

〝天然サーモンと長芋の胡麻醤油マリネ〟〝奥多摩ワサビと天然イワナのコンフイ〟〝アーモンド入りマッシュポテト〟〝オーガニックローストビーフのサラダ〟

〝奥多摩キノコのフリット〟〝洋風ふろふき大根〟〝手作り豆腐の和風グラタン〟〝オーガニック黒豚の酒粕入り岩塩焼き〟〝五穀米のほうれん草カレー〟。どの料理も、残り少なくなっている。

一方の冷たいデザートには、まだ誰も手をつけていない。

豆乳ホイップクリームを載せた四角い〝豆乳抹茶ババロア〟。プリン型ゼリーの上にチェリーを飾った〝赤ワインとレッドチェリーの寒天ゼリー〟。カットされた洋梨を梅シロップに漬けた〝洋梨のコンポート〟。

この中のどれに、指輪は隠されているのだろう？

「今夜お集まりの皆さんは、オーガニックにこだわる方々だとお聞きしました。七海さんと金城さんのカフェレストランも、オーガニックにこだわる料理を出すお店。それなのになぜ、これが置いてあるのでしょうか？」

警部がスッと指を差す。

それは、〝赤ワインとレッドチェリーの寒天ゼリー〟だった。

だってそれ、寒天ゼリーだよ？　ゼラチンのゼリーより身体にやさしそうで、オーガニックにこだわる人が好みそうじゃない？　たとえ動物性のゼラチンを使ったゼリーだったとしても、オーガニックは動物性食品を避けるわけじゃないよね？　それだとビーガンとかベジタリアンとか、そっちになっちゃうはずでしょ？

首を捻《ひね》るカエデにはお構いなしに、警部が話を続ける。

「色鮮やかな缶詰のレッドチェリーには、合成着色料が入っている。無添加のオーガニックにこだわる皆さんが、このチェリーを食べたがるとは思えません。違いますか？」

「合成着色料……」

思わずカエデはつぶやいてしまった。

確かに、鮮やかすぎる人工的な赤は、自然派のオーガニックとは相反《あいはん》する色だ。

「その通りですよ」と七海が答え、その場の全員が深く頷いた。

「だから私は言ったんです。金城は今夜、何度もミスをしていると。ちょっと異常なくらいにね。五木さんにご迷惑をかけて面目ないです」

師匠である七海に咎《とが》められ、金城がうなだれる。

「金城さん、一体なぜ、こんなゼリーを作ってしまったんですか？」

警部の質問に、彼は小声で答えた。

「……本当はビーツで天然の赤いゼリーを作る予定だったんですけど、失敗してしまって……。食材調達が間に合わなくて、赤ワインとチェリーの缶詰で代用しました。申しわけないです」

「それを知った五木先輩は、金城さんを叱りつけた。でも、デザートがひとつ欠けることをよしとはしなかった。見栄《みば》えが違いますからね」

「そう、仕方なく出すことにしたんだ。斗真、よくわかったな」

五木は感心しきりである。

「先輩の声を聞いた方がいたんです。『それを出すしかないじゃないか！』と怒っていたとね。皆さんの証言から、いろんな情報が入手できました。推理に必要なヒントもあった。指輪の隠し場所は、皆さんが手をつけないであろう、このゼリーの中です。よく見てください」

カエデは皆と一緒にゼリーの前に行き、警部が指差す部分を観察した。

赤ワイン色に透き通った寒天ゼリーの中に、真っ赤な枝付きチェリーが散りばめられた美しいスイーツ。

その表面の中央から十数センチほど下に、赤い石のついた銀色の金属物が埋《う》まっている。ラップで包まれているようだ。

よーく目を凝《こ》らさないとわからないが、確かにそれは、そこにあった。

「指輪だ！　ショートケーキに入れたルビーの指輪だよ！」

五木が興奮状態で叫び、ゼリーから取り出そうとする。その手を警部がそっと押さえて、「もう少しだけ待ってください」と告げた。

「真っ赤な宝石を、真っ赤なチェリーが入った赤ワインのゼリーに隠す。埋めた痕《あと》は装飾用のチェリーで隠してある。だから、パッと見はわからないですし、このゼリーは誰も食べようとしないはずです。私とカエデは別ですけどね。でも、なかなか良い隠し場所だと思います。ねえ、七海さん？」

「だから、私ではないと言ってるじゃないですか！　誰がこんなことしたんだ⁉」

憤慨《ふんがい》する七海。演技だとしたら名優である。

「誰がやったのか？　それを推理するヒントが、この指輪が埋められた位置です」

警部は、周囲にいる者たちをゆっくりと見回す。まるで、名探偵の謎解き場面のようである。

「指輪はゼリーの表面から十三センチほど下に埋まっています。一体どうやって、ここに埋め込んだのでしょうね？」

「……人差し指、じゃないですか？」

誰も何も言わないので、カエデが答えてみる。

「それは無理だな」と警部が即座に否定する。

「男性の人差し指や中指の平均は七から八センチ。この位置には届きません。付け爪をした女性でも、長くて十センチ程度でしょう。私は皆さんの手を見せてもらいましたが、平均以上に長い指の持ち主はいらっしゃいませんでした」

だから警部は全員の手を見ていたのか、とカエデは納得した。

「フォークやスプーンの柄なら届きそうですが、このダイニングにあるカトラリーは、チカさんのデザインで柄が先端に向かって丸くカーブしている。こんな風に真っすぐ埋めることは不可能です。では、誰が何を使ったのか？」

そこで警部は、ひとりに視線を定めた。

「奈津さん。その胸ポケットに挿さっている金色の万年筆なら、長さが丁度良さそうですね」

その瞬間、奈津は胸ポケットの万年筆を手で隠し、眉間《みけん》に皺を寄せて口を尖《とが》らせた。

「冗談もほどほどにしてください。なんで私が指輪を隠さなきゃいけないんですか？　私へのプレゼントだったのに」

「そう。そこが解《げ》せない部分だったんですよ。何もしなくて手に入る指輪を、なぜゼリーの中に隠したのか。ですが、ひとつの結論に至りました。奈津さんは誰かと結託《けったく》していた。共犯者がいたのだ。そう考えると、私が集めたパズルのピースが、一枚の絵として完成するんです」

「共犯？　奈津が誰かと指輪を盗もうとしたってことか？　斗真、言っていいことと悪いことがあるからな。奈津は俺の婚約者なんだぞ！」

五木が警部に食ってかかる。

「先輩、すみません。でも、見すごせないんですよ。私も警察官なので」

一瞬だけ悲哀《ひあい》に満ちた表情をしたあと、警部は奈津を真っすぐ見た。

「よろしければ、その万年筆を鑑識《かんしき》に回させてください。ゼリーの成分が付着《ふちゃく》しているかもしれません」

僅《わず》かな沈黙のあと、いきなり奈津が走り出した。リビングの出入り口に向かっていく。なぜか、一緒に金城も逃げようとする。

「ちょっと待って！」

カエデが奈津の両腕を押さえる。

「放してっ！　何も知らないから！」

振り切って逃げようとする奈津を、後ろから羽交《はが》い締《じ》めにした。

「金城、なんで逃げようとしたんだ！」

七海が金城を取り押さえ、三好と太田が助太刀《すけだち》に入る。

「おい、何か言えよ！」

三好が叫んだが、金城は黙ったままだ。

「ちょっと、放しなさいよ！」

結んでいた髪がほどけ、髪を振り乱した奈津がカエデから逃れようとする。

仕方がなく、羽交い締めにした自分の腕に力を込めた。

「痛い！　この疫病神《やくびょうがみ》！　あんたさえ来なきゃバレなかったのに！」

眉を吊《つ》り上げた奈津が、目の前の警部に向かってわめく。

一方の金城は、観念したかのように肩を落としている。

「奈津……。これは一体、どういうことだ……？」

思いも寄らぬ婚約者の行動に、五木は茫然《ぼうぜん》としている。

「浮気ばっかしてる男と、結婚する気なんてないから。女ナメてると痛い目にあうってことよ！」

奈津が五木に言い放つ。

「はあ？　浮気ってそれ、お前の妄想だろ！　そんな女だったなんて幻滅したよ！」と五木が言い返す。

「収拾《しゅうしゅう》がつきませんね。とりあえず通報しましょうか」

グルメ警部は、ジャケットの胸元からスマホを取り出した。

❖

所轄警察の到着を待つあいだ、警部は自らの推理を皆の前で語った。

「指輪をゼリーの中に隠したのは、奈津さんと協力者の金城さんです。

目的は、おそらくふたつあったのだと思われます。

ひとつは、五木さんの目を盗んで指輪を持ち去ること。

もうひとつが、金城さんにとって厳しい師匠であり、ときには体罰をも厭《いと》わなかった七海さんに濡れ衣を着せることです。

奈津さんは五木さんと別れようとしていた。別れたら指輪は返さなければならないですからね。そして、金城さんは七海さんを恨《うら》んでいたのでしょう。だから、七海さんを陥《おとしい》れたかった。

奈津さんに指輪を贈るから、ケーキに細工をしてほしいと五木さんに頼まれた金城さんは、その計画を奈津さんに伝えた。奈津さんは今夜の準備を手伝うために早く来ていたのだから、ふたりで話すチャンスはいくらでもあったはずです。スマホでも話はできますし、メールならキッチンでやり取りしても監視カメラには映りません。

きっと奈津さんと金城さんは、それほど近しい関係だったのでしょう。

奈津さんたちは、五木さんの仲間が集うこの機会に、指輪を奪《うば》い去ろうと考えた。私とカエデの参加でゲストが八人になると知り、八等分しやすいようにケーキに数字を入れたらどうかと、金城さんが五木さんに提案した。七海さんに罪を擦《なす》りつけるために」

タオルで後ろ手に縛《しば》られて椅子に座る奈津と金城は、黙ったままうつむいている。

五木は奈津の裏切りに身体を強張《こわば》らせていた。

七海もあまりの展開に言葉を失っている。

その他のゲストたちは、誰もが好奇心を隠せない表情をし、ことの成り行きを見守っていた。


「金城さんは、七海さんが異常だと思ったくらい、何度も失敗しましたね。

数字の１（いち）を７（しち）と聞き違えた。

ワゴンを運ぶ途中でコーヒーの容器を落とした。

ビーツのゼリーに失敗したから缶詰のチェリーを使った。

――すべては、わざとやったことだったんですね。

本当の金城さんは、そこまでうっかりをする人じゃなかった。すべては計画のため。もしかしたら、脚本家の奈津さんがシナリオを考えたのかもしれません。

ルビーの指輪は、ちゃんと１のピースに入っていたんです。

キッチンに監視カメラがあったので、金城さんにはヘタな細工ができなかったのでしょう。

1を受け取った奈津さんは、そこから指輪を抜いてポケットにでも隠した。あのとき奈津さんは、真っ先にケーキを食べようとして、コーヒーのアクシデントで手を止めました。金城さんがわざとコーヒーの容器を落とし、みんなの意識がそちらに向いたときに、ケーキから指輪を抜き取ったんです。事前の打ち合わせ通りに。

そして食べ終えたあとに『1には何も入っていなかった』と嘘をついた。金城さんも『1を7と間違えた』と偽《いつわ》った。そう言えば、7のピースを食べた七海さんが疑われますからね」

「ちょっと待ってください」と七海が口を挟《はさ》む。

「あのとき7のピースを選んだのは、私自身なんですけど……？」

「それは偶然ではありません。五木さんが5のピースを選んだとき、彼と奈津さんはこんな会話を交わしていました。

『五木だから5を取ったのね』

『そう。自分の名前にある数字は……』

『縁起がいいんでしょ。あなた、いつもそう言うのよね』

その会話を聞いていた三好さんは、同じように自分の名前にある数字の3を選びました。七海さんも無意識に誘導されて、7のピースを選んだ。

——というか、奈津さんに選ばされたんですよ。

自分の名前にある数字はラッキーナンバーである。その情報には、抗《あらが》えない魅力がありますから」


そうだったのか、とカエデは腑に落ちていた。

心理作戦だ。五木さんが5にこだわりを持ってると知っていた、奈津さんならではの誘導だったんだ。もし七海さんが7を選ばなかった場合、奈津さんが7を渡せばいいだけだしね。ラッキーナンバーだからどうぞ、とか言って。……奈津さんと金城さん、かなり大胆な計画を練ってたんだな。

穏やかでやさしそうだと思っていた奈津が、したたかで計算高い女性だったと知り、人を見た目で判断するのは危険だと思い知る。

「でも、もしも我々が突然お邪魔しなければ、金城さんはケーキをどうしていたのでしょうか？　八等分ではなく六等分にさせていた？

いや、初めから八等分にさせるつもりだったのかな。

六等分だとピースが大きすぎるし、７のピースがないと七海さんに濡れ衣は着せられませんから。『ホールケーキは八等分に切るのがベストだから、カットしやすいように数字を入れましょう』とか、金城さんが提案するつもりだったのでしょう」

ふいに、「ちきしょう、クソ警察が」と金城がつぶやいた。

恐ろしい形相《ぎょうそう》でグルメ警部を睨んでいる。先ほどまでの従順でおとなしい金城とは別人のようだ。

こんな悪態《あくたい》をつく人だったのか？　いや、これが彼の本性なのかもしれない。普段は使われる立場。しかも、あわて者だと叱咤《しった》されることが多い彼の内面には、他者への憎悪が蓄積されていたのかもしれない。

「さて、指輪をどこかに隠し持った奈津さんは、金城さんがわざとこぼしたコーヒーの片づけを手伝い、五木さんに『コーヒー淹れるの手伝ってくれれば？』と言って、自分の側から追いやった。

そしてコーヒーを片づけたあと、『雪が強くなってきましたよ』と窓を指差しました。あれもわざとだったのでしょう。全員が窓の外を見て、雪に気を取られたはずです。あのときが、ゼリーに指輪を埋めるチャンスだったのだと思われます。

では、なんのために指輪をゼリーの中に隠したのか？

身体検査の流れになると知っていたからでしょうね。疑いを晴らすために身体検査をしてほしいと言い出したのは、金城さんでしたよね。

身体だけでなく、ダイニングもキッチンも探されると予想していた。

しかし、そこで何も出てこなければ、嫌疑《けんぎ》の目を向けられることはない。

そして、誰も手を出さないゼリーの中で、指輪は安全に守られる。

ショートケーキの中にあった指輪が、まさか別のデザートに隠されるなんて、普通は思わないですからね」

カエデはふと思い出した。

自分がゼリーを皿に盛ろうとしたとき、「ショートケーキから食べてもらえませんか」と止めたのも金城だった。彼は、ゼリーに触れさせたくなかったのだ。指輪のカムフラージュがバレてしまうから。

本来なら、誰も食べないはずのデザート。まさかオーガニックにまったくこだわりのないカエデの出現など、想像もしていなかったのだろう。

「要するに、金城さんは指輪の隠し場所として、わざとオーガニックではないチェリー缶でゼリーを作ったんです。

身体検査や室内捜索を終えたあとで、ゼリーから指輪を取り戻して外に持ち出すはずだったのでしょう。通報される前にね。

私の事情聴取が終わったあと、金城さんは『冷たいデザートを冷蔵庫に入れてもいいですか？』と尋《たず》ねてきましたね。あのときワゴンを運んでいたら、ゼリーから指輪を回収するチャンスがあったのかもしれません。

そもそも、飛び入りでお邪魔したのが警察の私でなければ、奈津さんたちの計画はうまくいったのかもしれませんね。

万が一、誰かにゼリーを調べられて指輪が発見されたとしても、知らぬ存ぜぬを貫けばいい。金城さんが恨みを持つ七海さんに濡れ衣を着せるという、第二の目的は果たされます。

どちらにせよ、指輪は奈津さんのものになりますしね。五木さんとの婚約を破棄《はき》したあとで、指輪をどうするのかまた考えればいいのですから。

ですが……。

窃盗未遂は立派な犯罪です。高価なものを狙った計画犯の場合、懲役刑《ちょうえきけい》も覚悟しなければならない。それだけ罪深いことを、あなた方はしてしまったんですよ」


奈津と金城は黙ったままだ。

何を考えているのか、その表情からは何も読み取れない。

五木と七海は身じろぎもせずに、奈津たちを睨み続けている。


「——パトカーのサイレンが聞こえてきましたね。

私の推理が正しかったかどうかは、警察の取調室で話してください。

そろそろ私とカエデもお暇《いとま》します。丁度レッカー車が着く頃なので」

❖

それから二週間後。警察の取り調べで、奈津が金城と深い仲になっていたことが判明した。

　奈津はふた股交際をしていた五木と別れ、金城と共に外国で暮らす計画を企てていた。ルビーは海外で処分するつもりだったという。

　グルメ警部の推理は、大正解だったのである。

「五木さん、お気の毒ですね」

　カエデはその話を、停車中の車内で聞いていた。エンジンを完璧に修理したミニクーパーで、グルメ警部を警視庁まで迎えに行ったときのことだ。

「先輩ならすぐ立ち直るさ。ほら」

　警部が見せたのは、五木がフェイスブックに投稿した記事だった。

「ええっ？　まさか！」

　なんと、五木が別の女性と婚約したと報告している。その女性の指にはルビーの指輪が光っている。

　奈津と金城がゼリーの中に隠した指輪だ。

「そういえば、浮気ばっかかしてる男とは結婚しないって、奈津さん言ってましたよね？　チカさんも五木は惚れっぽくて飽きやすいって言ってたし。でも、あの事件からまだ二週間しか経ってないのに、早すぎませんか？　もしかして五木さんも、ふた股でこの女性と付き合ってたんでしょうか？」

「さあな。だけど、自分が浮気をしていたらパートナーもしていた、なんてケースはいくらでもある。人間関係は映し鏡のようなもの。同レベルの者が引き合うようになっているんだよ」

「はあ……」

ねえ、恋愛ってナニ？　結婚ってナンなの？

……やっぱめんどくさそう。わたしは二次元の推しだけで十分だ。

改めてカエデは、そう思ってしまった。

「映し鏡だから、誠実な人間には誠実な相手が現れる。結局、いい恋愛をしたいなら、自分を向上させるのが一番なんだろうな」

そう言って警部は、膝《ひざ》の上でノートパソコンを開く。

——そうだ、グルメ警部には恋人がいるのだろうか？　そんな気配、まったくないけど。警部に相応しいのは、どんな相手なのだろう？

「カエデ」

「は、はい！」

「ミラー越しに視線を感じる。何か言いたいことでもあるのか？」

「いえ、なんでもないです。今日は直帰ですか？」

「夕飯の約束をしている。今夜は老舗《しにせ》の鶏鍋屋だ。神田《かんだ》に向かってくれ」

「了解です」

調子のいいエンジン音を頼もしく感じながら、アクセルを踏み込む。

警部、今夜は誰と食事をするんだろう？　まさか、恋人だったりして。いやいや、それはないな。だって、彼女がいるような気配はないもの。

……本当に？　わたしには隠してるだけなんじゃないの？　だって、こんなにいい男なんだし、実はすごくモテるって小林さんから聞いたこともある。

わー、なんだろ、この嫌な気持ち。めっちゃモヤモヤする。こんなワケのわからない感情を持て余してる自分、すごくキライだ。

そうだ、政恵《まさえ》さんにも警部の行き先を伝えないと。政恵さんは警部に恋人がいるのか知ってるのかな？　久留米家のことはなんでも把握してる家政婦さんだし、聞いてみようかな……。

え？　なんのために？　わたしには関係ないことじゃない。こら、燕カエデ。余計なこと考えてないで運転に専念しなさいよ！

「カエデ」

「はい！　すみません！」

「なんで謝るんだ？」

「……ちょっと考え事してました。運転に集中します」

背中に警部の視線を感じた。思考を見透《みす》かされているようで気まずい。

「カエデ。神田の鶏鍋屋、一緒に来るか？」

「えっ？　いいんですかっ？」

彼のひと言で、視界を覆っていた黒い霧《きり》が、一気に晴れたような気がした。思いっきり頬《ほお》が緩《ゆる》んでしまう。

クスリと笑う声がしてから、グルメ警部は低く言った。

「いいに決まっているだろう。君は私のワトソンなのだから。食事の相手は小林だよ。いつものメンツだ」

「ありがとうございます！」

なんだ、小林さんだったのか。もー、早く言ってほしいんですけど。ヤキモキして損しちゃったよ……。

ちょ、ヤキモキってなに？　そんな嫉妬みたいな感情、いらないから！

はい、吸ってー。吐いてー。吸ってー。吐いてーーー。

コントロールできない思考を、呼吸を数えることで無理やり停止させる。

「カエデ」

「はい！」

「これから行く店の鶏鍋は絶品だぞ。地鶏《じどり》のあらゆる部位と野菜を、すき焼き風のタレで煮て食べるんだ。鶏すき、という名称でも呼ばれている。溶き卵をつけて食べるのだが、締めの白米にその卵をかけてかっこむのが最高なんだよ」

「うわ、聞いてるだけでお腹が空いてきちゃいました！」

早くその店に行きたい！　警部と小林さんと三人で、早く鍋を囲《かこ》みたい！

頭が鶏すきのことで一杯になり、完全にモヤモヤが吹き飛んだ。

ネオンの点《とも》り始めた街並みが、異様なくらい輝いて見える。

後ろにいるグルメ警部は、ＰＣを操作し始めた。

やっぱり、最高の雇い主だ。これから一生、この人のワトソンでいられたらいいのに……。

柄にもなく乙女チックになっていたカエデは、そう願わずにはいられなかった。

3

ワイン収集家が遺した秘密の宝

その日カエデは、渋谷《しぶや》駅にほど近い献血《けんけつ》ルームにいた。警部を霞《かすみ》が関《せき》の警視庁ビルまで送ったあと、空《あ》いた時間を有効に使おうと思い立ったのだ。

エレベーターでビルの六階まで上り、献血ルームの入り口へ向かう。

白を基調とした広い室内、高い天井に高級感のある照明、敷き詰められた絨《じゅう》毯《たん》。まるで空港のラウンジのような雰囲気がある。

ロッカーに荷物を預け、受付を済ませて問診票《もんしんひょう》を提出し、呼び出しブザーを受け取って待合室へ。早速、点在する白いソファーのひとつをキープする。

大きな窓から外を見ると、眼下に渋谷の街並みが広がっている。フカフカのソファーにどっかと座ると、オシャレで静かなカフェにでもいるような気持ちになってくる。

ずらりと並んだ自動販売機には、冷たいジュースから温かいスープまで、様々な飲み物が揃《そろ》っている。ありがたいことに、すべて飲み放題だ。

アイスレモンティーを選び、籠《かご》に入ったお菓子の中からクッキーやお煎餅《せんべい》を少しだけゲット。このお菓子も食べ放題なのだが、ガッツリ取っていくのは野暮《やぼ》というものだろう。

ドリンクとお菓子をソファー脇の台に置いたら、次に向かうのは漫画の単行本がずらりと並ぶ本棚だ。ざざっとラインナップをチェックし、人気少年漫画の新刊を取り出す。

このファンタジーアクション漫画は、カエデの大のお気に入りだった。すでに購入済みの単行本なのだが、何度でも読み返したい。一番の推しキャラクターは、主人公の仲間のひとりである金髪イケメンだ。

世界から悪を排除するべく活躍していたのに、その過程で闇落ちしてしまい、人類を敵に回してしまった主人公。そんな彼を救うべく、密かに奔走《ほんそう》するサブキャラの金髪イケメンがとにかく好きなのだ。普段はぶっきらぼうで口が悪いのに、いざとなると仲間のために命がけで戦う彼。容姿も麗《うるわ》しいし、ギャップのある性格も愛おしい。ひたすら萌えるし推せる。

これから、登場回数はさほど多くない金髪イケメンの出番を楽しみにしながら、単行本のページをめくっていく。ブザーで呼ばれるまで、この待合室で至福の時間を過ごすのである。

これぞまさに、高級漫画喫茶。下界の喧騒《けんそう》を忘れさせてくれる、大都会のオアシスだ。

同じように考えている若い人が多いのも、この献血ルームの特徴だった。同世代の男女が漫画を読んで献血を待つ様子に、日本はまだまだ捨てたものではないと、どこから目線なのかよくわからない安堵感《あんどかん》を覚えてしまう。

カエデが献血に通うようになったのは、グルメ警部の影響だった。

ＡＢ型のＲｈマイナスという、二千人にひとりしかいないとされている希少な血液型である警部は、少しでも同じ血液型の人々の役に立ちたいと、定期的に献血を行っているのだ。

ふいに、警部がステーキ店の長尾に刺されて、輸血が必要になったときのことを思い出した。あのとき病院まで追ってきた産みの母親は、自分の血を使ってくれと看護師に懇願《こんがん》し、やんわりと断わられていた。あれ以来、姿を見かけないようになってしまったのだけど、元気にしているのだろうか……。

ぼんやりと浮かんだ思考を消去して、漫画に集中する。呼び出しブザーが鳴ったらドクターの問診を受け、さらに事前採血でヘモグロビンの濃度や血液型を確認し、問題がなければ本採血へと進む。

ベッドに横たわり、ゆっくりと血液を抜いてもらうと、蓄積された老廃物《ろうはいぶつ》まで消えていくような感覚になっていき、終了後は心地よい爽快《そうかい》感が残る。

そのあとは大きな冷蔵庫へと向かい、献血した人にだけ許される〝禁断の扉〟を開く。そこにはなんと、ハーゲンダッツのカップアイスが入っているのだ。ひとりにつき一個と決まっているのだが、献血後に食べるハーゲンダッツほど美味《おい》しいアイスはない、とまで思っている。

カエデはこれからも、献血ルームに通うつもりでいた。ほんの少しでもいい、警部のように誰かの役に立ちたい。お菓子やアイスのサービスがなくても、通い続けるだろう。……たぶん。

今日はかなり混んでるな。まだまだかかりそう……。

ふと混雑する室内に目をやったら、見知った顔が視界を横切った。受付のほうに歩いていく。

――警部の産みのお母さん⁉

ほっそりとした長身、栗色のロングヘア、警部によく似たブラウンの瞳。

間違いない、あれでサングラスをかけたら、警部の行く先々に現れていた女性になる！

読みかけの漫画を置き、急いで女性を追いかけた。

彼女はエレベーターの前に立っている。

「あの、久留米斗真《くるめとうま》さんのお知り合いですよね？」

声をかけると、女性は怯《おび》えたように目を見開き、階段のほうへ駆《か》け出した。しまった、声のかけ方をミスってしまった！

自分が息子に近づいているとバレてしまったら、警部の両親から悪質なストーカー行為で訴《うった》えられ、莫大な違約金を請求されるのだ。逃げようとするのも無理はない。

「待ってください！　わたし、久留米警部の助手です。あなたのことは家政婦の政《まさ》恵《え》さんから聞いてます！」

後ろから叫んだのだが、女性はあっという間に階段の下へと消えた。

そのまま追いたい気持ちもあったのだが、間の悪いことに呼び出しブザーが鳴ってしまった。諦《あきら》めて戻ろうとしたら、床に小さな赤いカードが落ちていることに気づいた。警部の産みの母親が落としたものだ。

拾い上げると、それは中目黒《なかめぐろ》のセレクトショップのカードだった。

『B・i・B・i』と店名が入っている。

政恵は、警部の産みの母は独身を貫き、今はブティックを経営していると言っていた。

もしや、ここが彼女の店なのか？　行けば会えるのだろうか？　政恵さんに確認してみようかな……。

思案に暮れながら、カエデは献血ルームの問診室へ向かった。

今の出来事は、警部には絶対に言うまいと胸に誓って。

◈

献血を終えてしばらく休憩したあと、警視庁ビルに迎えにいった。

グルメ警部は素早くミニクーパーに乗り込み、開口一番「田園調布《でんえんちょうふ》まで頼む」と告げた。

「了解です。今日は直帰なんですか？」と思わず尋《たず》ねる。彼がどこにも寄らずに田園調布の自宅に向かうことなど、ほとんどないからだ。

いや、と言いながら、警部はオシャレなトムフォードの黒縁メガネを押さえた。

「近所に住む知り合いから、頼み事をされている。そのお宅に行くんだ。カエデも同行してくれ」

「え！　何かの捜査ですか？」

よろこび勇んで聞き返す。警部に助手として必要とされるのが、以前に増してうれしく感じる。

「捜査、というか遺言書《ゆいごんしょ》の解読かな」

さり気なく言った警部の言葉に、飛び上がりそうになった。

「遺言書の解読？　なんですかそれ？」

「簡単に事前情報を話しておく。いつものことだが、秘匿《ひとく》義務は守るように」

「もちろんです！」

カエデは張り切ってエンジンを噴かせた。エンストで修理に出して以来、愛車の調子はすこぶるいい。

「これから会うのは十条知世《じゅうじょうともよ》さんと言って、六十代後半のご婦人だ。つい先日、旦那さんの秀之助《ひでのすけ》さんが心不全で亡くなり、今はおひとりで暮らしている。秀之助さんの遺言で、代々受け継がれてきた十条家の不動産、有価証券、貯金などの資産は、すべて知世さんに譲られた。だが、それに不満を持つ者がいる。知世さんの長男・秀明《ひであき》さんと次男の秀二《しゅうじ》さんだ」

「息子さんがふたりいらしたんですね」

「そう、私も昔から知る兄弟だ。彼らは世田谷《せたがや》区役所の総務部長を勤め上げ、厳格だったという秀之助さんを毛嫌いして、大学卒業と同時に家を出てしまった。実家に寄ることなど滅多《めった》になくなってしまったんだ。秀之助さんの葬儀で久々に顔を見たと、知世さんが寂しそうに言っていたよ。……まあ、家族の断絶などよくあることだ。離れていても繋がっている家族もいれば、近くにいてもバラバラな家族もいるからな」

自分自身のことを語るかのように、警部が言った。

何も口を挟《はさ》めないカエデは、ひたすら話を拝聴《はいちょう》する。

「秀明さんは今、都内の大手学習塾で数学の講師をしていて、看護師の奥さんと共働きをしている。弟の秀二さんは、レコード会社の音楽プロデューサーで独身。わりと有名なミュージシャンを担当しているようだ」

「へえ。住む世界がまったく違うご兄弟なんですね」

「だから、会話もまったく嚙《か》み合わないらしい。子どもの頃は仲のいい兄弟だったんだけどな。そのふたりが今、実家に戻っている。秀之助さんが彼らに宛てた遺言書の件でだ」

「遺言書？」

「ああ。大半の財産は知世さんに託したのだが、息子たちにも何かを遺《のこ》したというんだ。その遺言書が弁護士から十条家に届いたのが数日前のこと。秀之助さんの意向で、自身の四十九日《しじゅうくにち》が明けてから渡すようになっていたそうだ。それを知った兄弟は、当然のごとくよろこんだ。それまでは、自分たちには何も遺されていないと、母親に食ってかかっていたらしいからな。

——これは余談だが、家族とはいえ所詮《しょせん》は他人。父親の財産を当てにするほうがどうかしていると、私は思う。他人に期待などするなと、あの兄弟に言ってやりたいくらいだ」

「はあ……」

話を聞きながら、カエデは我が身を振り返っていた。

自分の亡き父も、家や資産のすべてを母親に遺していた。カエデがもらったのは、いま乗っているミニクーパーだけだ。でも、それに対して何の疑問も抱かなかった。むしろ当然だと考えていたのだが、お金持ちの家はそうもいかないのかもしれない。

「——とはいえ、私も祖父の遺産の一部を受け継いだ身。大きなことは言えないな。私の場合、久留米家を継ぐ、という条件付きでの遺産分配だった。まだ学生の頃だ。物心ついた頃から、『この家を継ぐのはお前だ』と祖父や父から言われていたからな。他の選択肢はないと思ってしまったんだ。……あれが今だったら、違う道を選んだかもしれない」

いつにも増して真剣な声音《こわね》の警部。彼が実家に住んでいるのは、久留米家を継ぐと約束してしまったからなのだ。ただし、家賃光熱費として毎月かなりの金額を父親に振り込んでいると、政恵から聞いたことがある。

カエデも実家暮らしなので母に家賃を払っているが、警部に比べれば雀《すずめ》の涙ほどの金額で了承《りょうしょう》してもらっている。ありがたい、という言葉しか浮かばない。

大学時代に祖父の遺産を投資で何倍にも増やした警部。今は配当金だけでも結構な額になるらしい。きっと、両親には世話をかけないように、必死で投資の勉強をしたのだろう。

代々続く裕福な家で、冷たい親と暮らしている警部。ごく平凡な家で、父母から愛情をかけてもらったカエデ。どちらがいいかなど比較できないが、少なくとも、自分は今の家に生まれてよかったと心底思っている。

「話が逸《そ》れてしまったな。で、秀之助さんの遺言書なのだが、どうやら暗号文になっているようで、誰も解読できないそうだ。解読さえできれば、息子たちに宝が贈《ぞう》与《よ》されるらしいのだが……」

「暗号文？　宝？　マジで？　まるでＲＰＧじゃないですか！」

遺言書の話が意外な方向に転び、カエデは興奮を隠せなかった。

ダンジョンの深層部に隠された宝箱。その箱を守るドラゴンを倒すと、金銀財宝が入った宝箱が開く。そんなゲーム画面が浮かんでしまう。

「秀之助さんはパズラー系のミステリー小説が好きだったんだ。生前はご自身も趣味で小説を書いていたらしい。暗号文で遺言書を遺すなんて、秀之助さんらしいよ」

「それで、その暗号が解けないから警部が呼ばれたんですか？」

「個人的にな。役に立てるかわからないが、十条家とはご近所付き合いをしていた仲だ。特に、秀之助さんには子どもの頃お世話になったんだよ。本を貸してもらったり将棋《しょうぎ》を教えていただいたり。夕飯をご馳走になったことも何度かあった。つまり、あの家には恩義があるんだ。行かないわけにはいかないんだよ」

「でも……わたしが同行していいんでしょうか？　お邪魔《じゃま》じゃないですか？」

「それを決めるのは私だ」

ぴしゃりと断言されて、びくりと肩が動く。

「……すまん、上から目線で言ってしまった。カエデは気づいていないかもしれないが、君の大らかさは場の空気を和ませるんだ。遺産相続の話など、殺伐《さつばつ》とするに決まっている。だからこそ、一緒に来てもらいたい。ムードメーカーになってほしいんだよ。君は私のワトソンなのだから」

……うう、うれしい。警部、一生ついていきます！

などとは言えずに、「わかりました！　暗号クイズは得意なんです！」とだけ答えておく。

後部座席から小さな笑い声がした。

「それは心強いな。よろしく頼む」

そう告げてから、警部は膝のPCと睨《にら》めっこを始めた。

よし、絶対に警部の役に立ってみせる！

心の中で叫んでから、カエデはアクセルを踏み込んだ。のだが……。

「……よかった。あの兄弟、昔から苦手なんだよな……」

警部の微《かす》かなつぶやき声が聞こえてしまった。

ねえ、苦手な兄弟と対峙《たいじ》するのが嫌だから私を同行させるんですね！　それがあなたの本音なんですね！

憤慨《ふんがい》したカエデだが、それでも警部に頼られるのは悪い気分ではないと、前向きに考えることにしたのだった。

田園調布にある十条家は、警部が暮らす久留米家とは目と鼻の先にある邸宅だった。

❖

年季の入った石垣で囲まれた、瓦《かわら》屋根の日本家屋。庭から巨大な杉の木が、枝を石垣のぎりぎりまで伸ばしている。二階や三階建ての屋敷が大半の中、堂々とした構えの大きな平屋。築年数もかなりのものだろう。坪数で考えたら、土地代だけでかなりの資産になりそうだ。遺産相続で揉《も》めそうになったのも頷《うなず》ける。

カエデたちは、和室の居間に通されていた。

見事な掛け軸、木彫りの置物、生け花の飾られた陶器《とうき》の壺。広々とした居間を彩るそれらも、売れば大した金額になるような気がしてくる。

知世夫人に出してもらった緑茶と栗羊羹《くりようかん》も、かなりの高級品だった。お茶は香りが高く、栗羊羹は日本が誇る老舗《しにせ》和菓子店の名物。茶器だってどこかの名匠《めいしょう》が焼いた名器に違いない。落として割らないように注意しなければ。

いつもなら考えもしないのに値踏みをしてしまうのは、遺産相続、という四文字が、どうしてもカエデの頭から離れないからだ。

この居間に入る前に、隣の和室で秀之助の仏壇《ぶつだん》に線香をあげさせてもらったのだが、遺影で見た秀之助は、ツルツル頭に白くて長い眉毛と、見事な鷲鼻《わしばな》が印象的な老人だった。鋭い眼光ときつく結んだ口元が、頑固な性格を表しているような気がした。息子たちが寄りつかなくなるほど厳格な人物だったのかは、知る由《よし》もないのだけれど。

「斗真くんさ、君に来てもらえたのはありがたいんだけど、助手の女の子まで一緒なのはどうなのかね？　カエデさんだっけ。僕の教え子くらいの歳に見えて仕方がないんだけど」

対面の座椅子に座る長男の秀明が、分厚いメガネの奥からカエデを眺める。

七三頭に鼠色《ねずみいろ》のシャツ、黒いスラックス。塾の数学講師だけに、見るからに真面目そうな三十代後半の男性である。鷲鼻は父親譲《ゆず》りなのだろう。

「カエデは小柄で童顔ですが、柔道の黒帯を持っています。車の運転もプロ級だし、肝も座った優秀な助手です。きっとお役に立つと思いますよ」

グルメ警部がすまし顔で言い返してくれた。

「オレは女の子大歓迎だね。黒帯なんてスゲーじゃん。柔道の技、かけてみてほしいなあ。寝技なら最高」

今どき驚くほどのセクハラ発言をしたのは、秀明の隣にいる弟の秀二だ。

レコード会社のプロデューサーという職業柄なのか、サーモンピンクのセーターにジーンズというラフな服装で、長めのくせ毛を茶色く染めている。遠目にはかなり若く見えるが、深いほうれい線とたまに覗《のぞ》く銀歯が、そう若くもないと主張しているように感じる。

「カエデ。あとで秀二さんに絞め技をかけて差し上げなさい。骨が折れるくらい強くして構わない」

警部は冷ややかな表情で言った。

「絞め上げちゃっていいんですか？」

「ああ。私が許す」

「ちょ、冗談だって斗真くん。カエデちゃんもコワイなあ」

「秀二、口を慎《つつし》め。カエデさんに失礼だろう。相変わらず軽薄《けいはく》だな」

「すみませんね。オレは兄貴みたいに真面目な堅物じゃないんで」

「なんだと。この若作りのペラペラ野郎が」

「だったらそっちは頑固なクソ野郎だ」

客の前で言い合いを始めるふたり。大人になっても兄弟は兄弟だ。口喧嘩《くちげんか》の仕方も子どもじみている。昔から知る警部の前だから、余計に素が出てしまうのだろう。

「あんたたち、いい加減にしなさいよ。いい歳して恥ずかしくないの？」

お盆を手に入ってきた知世夫人が、ピシャリと息子たちを黙らせる。

大島紬《おおしまつむぎ》の着物がよく似合う、上品な老婦人だ。笑顔はやさしげだが、凛《りん》とした所作《しょさ》のどこかに厳しさが滲《にじ》んでいる。

「斗真さん、カエデさん、申しわけありません。わざわざ来ていただいたのに、お恥ずかしいものをお見せしてしまって」

「いえ。問題の遺言書を見せていただいてもいいですか？」

若干うんざりしたように見える警部。早く問題を解決して、帰りたいのかもしれない。

「お持ちしました。どうぞ」

知世夫人は黒檀《こくたん》の座卓に盆《ぼん》を置き、警部のほうへ押しやった。盆の上に開封済みの白封筒が載っている。

「では、失礼します」

封筒の中から手紙を取り出した警部は、それを開いた途端、「これは――」とひと言だけ発し、押し黙ってしまった。

カエデも横から覗き込む。

そこには、達者な手書きの筆文字でこう書かれていた。

秀明・秀二へ
ふたりで次の謎を解け。すべて解けたら我が宝を授ける。
①【冠 僧 夲 乃 テラ 些 僧 兜】

「なんですかコレ?」とカエデも目を剝《む》いた。

「普通に漢字とカタカナを読むと、『かん そう たい の テラ さ そうと』とかですかね? ほかにも読み方はありますけど……。あ、最初が〝冠《かん》〟で最後が〝兜《かぶと》〟だから、被り物に関係する文章? 〝僧〟があるから〝テラ〟はお寺のこと? ……まったくわからないです」

カエデなりに頭を振り絞ったのだが、あっけなく白旗をあげた。

「主人はミステリーマニアだったから、わざと暗号にしたんでしょうね。楽しんで作った様子が目に浮かびます」

懐かしそうに知世夫人が目を細める。

「ったく、こっちはいい迷惑だよ。僕はミステリーなんて大嫌いだ。無理やり謎を作る話ばかりだからね。数式で解けない問題は全否定させてもらいたい。漢字も苦手なんだよ。しかも、①って書いてある。つまり、②もあるってことじゃないか。こっちにはそんな暇なんてないんだ。こんな遺言書を遺した親父が恨《うら》めしいよ」

「マジ最悪だな。でもさ、オレもミステリーは得意じゃないけど、兄貴ほどじゃないぜ。なんなら、兄貴は降りてくれていいよ。お宝はオレひとりで探すから」

「そう言うと思ったよ。がめつくて浪費家《ろうひか》のお前だからな。でも、『ふたりで謎を解け』って書いてあるだろ。なんらかの意図《いと》があるに決まってる。だから、こうして秀二と一緒にいるんじゃないか。国語の勉強からやり直せ」

「うるさいなあ。もしかして兄貴、音楽の才能があったオレに嫉妬《しっと》してるんじゃないの？　自分は数学の塾講師になるしかなかったって、嘆《なげ》いてたりして。かわいそうだなあ」

「お前は勉強が出来なかったからな。地頭《じあたま》が悪いから、塾講師なんて絶対になれなかっただろう。気の毒にな」

「頭が悪かったら音楽プロデューサーにもなれないんだよ！」

またもや兄弟がくだらない口喧嘩をし始めた。

「ちょっとあんたたち！」と知世夫人が止めようとしたら、警部が「静かにしてください！」と大声を放った。

十条兄弟が気まずそうに肩をすくめる。

「謎が解けかけているのに、近くでうるさくしないでください」

え？　と誰もが警部を見つめる。

「警部、もうわかったんですか？」

前のめりになったカエデに、彼は「簡単な暗号だよ」と微笑《ほほえ》んだ。

「ここに羅列された漢字には、ひとつの共通点がある。各字の部首に注目してほしい」

全員でもう一度、遺言書の暗号を見る。

【冠　僧　厺　乃　テラ　些　僧　兜】

「あの……部首ってなんでしたっけ？」

遺憾ながら、カエデは尋ねてしまった。

「漢字を構成する要素のひとつ。偏（へん）、旁（つくり）、冠（かんむり）、脚（あし）、構（かまえ）、垂（たれ）、繞（にょう）の七つがある。たとえば、冠という漢字の部首は〝わかんむり〟と呼ぶ。冖がカタカナのワに似ているからだ。それと同じように、ここにある漢字の部首は、すべてカタカナとして読めるものばかりを選んであるんだ」

「なるほど。部首をカタカナとして読む。カタカナはそのまま読むのか」

秀明がルールに則《のっと》って、漢字の部首だけを抜き、カタカナと共に持参していたメモ帳に書き出していく。


【冠僧冭乃テラ些僧兜】＝【冖イ冫ノテラ二イ儿】


「おい、〝ワインノテラニイル〟って読めるぞ！」

秀明が興奮気味に叫んだ。

「つまり〝ワインの寺にいる〟ってこと？　ワインの寺って？　その寺に誰がいるんだ？　母さん、何か知らないかい？」

秀二に問いかけられ、知世夫人はゆっくりと口を開いた。

「お父さん、ワインの収集家だったから。地下にワインの貯蔵庫もあるしね。だけど、私はお酒が苦手だから、ワインのことは全然わからないのよね……」

ため息交じりで目を伏せる。

「それならお任せください。ワインにはちょっと興味がありまして」

俄然《がぜん》張り切り出したグルメ警部。ちょっとどころか、かなりのワイン通である。

「山梨県のワイン産地・勝沼町《かつぬまちょう》に、〝大善寺《だいぜんじ》〟という寺院があるんです。〝ぶどう寺〟とも呼ばれているその寺には、境内《けいだい》にブドウ棚やタンクがあって、住職と近所の檀家《だんか》さんがワインを造っているそうです。日本でも珍しい、ブドウとワインにまつわる寺なんですよ。〝ワインの寺〟で連想されるのは、おそらく勝沼の大善寺しかないでしょうね」

堂々と言い切った警部に、秀明が「それだ！」と相槌《あいづち》を打つ。

「秀二、その寺に行ってみるしかないな」

「だな。行けば何かがわかるはず。そこに②の問題もあるのかもね」

「それがまさしく問題だ。また暗号だったら、僕たちだけで行っても解けないかもしれないよな。それに僕も秀二も、親父のようなワイン好きじゃない」

「ワインなあ。飲まないわけじゃないけど、知識は全然ないんだよね。父さんがわざわざワインの寺に行かせるなら、ワイン通の協力が必要になるかもな」

　秀明と秀二の視線が、警部に注がれている。

「では、私とカエデはそろそろ帰りま……」

「待ってくれ！」と、秀明が警部の言葉を遮った。

「斗真くん、頼む。僕たちと一緒に勝沼に行ってくれないか？　お礼はちゃんとさせてもらう。明日から連休だから、僕も秀二も実家にいるつもりだったんだ。もしも可能だったら、明日とか都合つけてもらえないかな？」

「明日が無理なら明後日でも、来週でもいい。斗真くん、昔のよしみでオレと兄貴を助けてほしい。どんな宝なのか想像もできないけど、見つかったら成功報酬も渡すよ。だから、一緒に宝を探しに行ってください。お願いします！」

　なんと、兄弟は揃って警部に土下座をしている。

「ふたりともやめてください。頭を上げてくださいよ」

　警部は当惑している。

　すると、知世夫人まで頭を下げてきた。

「私からも頼みます。斗真さん、どうか一緒に行ってやってください。息子たちだけでは埒《らち》が明かない気がするんです。主人が遺した謎を、解いてやってください」

「……困ったな」と警部がメガネに手を当てる。

「知世さんにまで言われると、断わりづらくなります。明日は無理なのですが、明後日ならどうにかなるかな。カエデ、明後日は休日だけど、車を出してもらえるか？」

「大丈夫ですよ。わたしも勝沼に行ってみたいです。宝のことも気になるし」

カエデが答えた途端、十条家の三人は見違えるような笑顔になった。

「ありがとう、斗真くん。君は子どもの頃から優秀だったもんな」

「カエデちゃんもガチで頼りになりそうだ。よろしくお願いします」

秀明も秀二も、今にも揉み手をしそうになっている。

「よかった。斗真さんたちがいてくれたら安心です。今夜は来ていただいたお礼に、鰻重《うなじゅう》を頼んであるんですよ。ご近所の老舗から」

知世夫人の言葉に、警部がピクリと反応した。

「老舗の鰻重……。もしや、昔こちらでご馳走《ちそう》になった……」

「そうそう。斗真さんが子どもの頃、主人と食べてたあのお店。特上を頼みました。もう届くはずなので、召し上がっていってくださいな。カエデさんもご一緒に」

う、鰻重！　特上！　しかも、田園調布の老舗鰻屋だったら、美味しくないわけがない！　食べたい!!

「では、せっかくなのでご馳走になります」

警部が返答した瞬間、カエデは心中でガッツポーズを取っていた。

「あそこの鰻、旨《うま》いんだよな。もう十年以上食べてない」

秀明がうれしそうに言うと、「マジ懐かしいなあ」と秀二も相好《そうごう》を崩《くず》す。

するといきなり、知世夫人がキッと息子たちを睨んだ。

「あんたたちがうちに帰ってこなかったからでしょ！」

十条兄弟は同じタイミングで目線を下に向け、口をつぐんだ。

「うちが出前を取るのは、いつも鰻屋さんだったんです。息子たちは好き嫌いが酷《ひど》くて我儘《わがまま》で。お互いに違うものが苦手だから、食事の支度《したく》をするのも大変だったんです。アレルギーじゃないんですよ。好みが激しいだけなんです。秀明、今もそうなんでしょ？」

「……まあ。キノコ類は大の苦手だし、チーズとか臭みのあるのも嫌だね。あと、パサつく鶏肉もな。でも仕方がないだろ？　食べたくないんだから」

「ああそう。秀二は？」

「変わんないよ。苦いもんと酸っぱいもん、生魚は完全NG。ニンジンも無理」

「ったく、いい歳なのに子どもっぽくて……。ピザはチーズで秀明が駄目。お寿司は生魚だから秀二が嫌がる。でも、鰻の蒲焼《かばやき》だけはふたりとも好きで文句が出なかったから、出前といえば鰻屋さん、ってことになっちゃったんですよ」

カエデたちに訴えてくる知世夫人。我儘な兄弟の子育ては、さぞかし大変だったことだろう。

――ピンポーン、とチャイムの音が鳴った。

「あら、もう来たみたい」

知世夫人が席を立ち、息子たちが手伝うためにあとを追う。

静かになった室内で、グルメ警部が額に手をやった。

「私としたことが、めんどくさい依頼を引き受けてしまった……」

「鰻でとどめを刺されちゃいましたねえ」

「ああ。食べたらもう断われない。鰻重の誘惑《ゆうわく》には勝てなかったよ。それほど、ここで取ってくれる出前の鰻は素晴らしいんだ。私も確保している近所の名店だからな」

「そうなんですね！」

ますます期待で浮き立ったカエデは、ほどなく運ばれてきた鰻重を、警部や十条家の皆と共に堪能《たんのう》した。

とろけるほど柔らかくて身が厚くて、ほどよく脂ののった香ばしい鰻の蒲焼。甘さ控えめで辛みの強い秘伝のタレと、振りかけた山椒《さんしょう》の刺激的な香り。ひと口ごとに美味しさを噛みしめながら、特上の蒲焼とタレの染みた艶々《つやつや》の白米を、ペロリと平らげたのだった。

◈

翌々日は、朝早くに十条家を出発した。ミニクーパーの助手席にグルメ警部、後部座席には秀明と秀二が乗っている。

警部は相変わらず膝《ひざ》のＰＣを操作し続けている。後ろの十条兄弟は、ふたり揃ってうたた寝をしていた。車内にはＦＭラジオだけが小音で流れている。

カエデとしては、十条兄弟がしゃべらないでいてくれることがありがたかった。また言い合いでもされたらたまったもんじゃない。このままずっと寝ていてほしい。

東名《とうめい》高速道路から圏央道《けんおうどう》に出て、八王子《はちおうじ》ジャンクションから中央自動車道へ。そのままひたすら車を走らせて山梨県の勝沼町を目指す。

　勝沼町に近づくにつれ、ブドウ棚が一面を覆《おお》う畑が目につくようになる。ここら一体の甲府《こうふ》盆地は、平坦地から傾斜地まで、いたるところにブドウ畑が広がっているのだ。

　ただし、今は三月中旬とあって、たわわに実ったブドウの実を拝むことはできない。ブドウ畑には枝しか見受けられないのだ。よく観察すれば枝の節々が芽吹いているのだろうが、遠目からはやや寒々しく感じる景観である。

　その代わり、ソメイヨシノが満開になっていた。盆地のあちらこちらに、薄桜《うすざくら》色《いろ》の絨毯が広がっている。町の中にも桜の名所は多く、トンネルのように左右から桜の枝が垂れている道もあった。少し開けた車窓から、清々《すがすが》しい桜の香りが流れ込んでくる気がしてくる。

　桃の産地でもある勝沼町。桜の花が終わる頃には、艶《あで》やかなピンク色の桃の花が満開になるはずだ。

「いやー、寝ちゃってすまない。もう勝沼インターチェンジを降りたんだね。都内から一時間ちょいで来られるなんて、意外に近いんだな」

　残念なことに秀明が目を覚ましてしまった。隣の秀二は、まだ小さくいびきをかいている。

「もうすぐ大善寺に着きます。住職さんにアポを取ってあるので、話もすぐに聞けるはずです」

警部はPCから目を離さずに答える。できるだけ秀明たちとの私語を避けたいのかなと、カエデは勘ぐっていた。

この兄弟には、厚かましくて人を見下すようなところがある。昔からそうだったのだとしたら、警部が苦手意識を持っているのも理解できる。だけど、父親の秀之助とは懇意《こんい》にしていたのだから、警部にとって秀之助は尊敬に値する人だったのだろう。息子たちとは違って。

「ワインノテラニイル。一体、何がいるんだろうな……」

誰にともなくつぶやく秀明。カエデもこの先に何が待ち受けているのか、好奇心で胸が疼《うず》いていた。

駐車場に車を停め、寝《ね》ぼけ眼《まなこ》の秀二を引き連れて、ぶどう寺こと〝柏尾山《かしおさん》 大善寺〟の境内に足を踏み入れた。

二階造りで屋根付きの立派な山門をくぐり、長い石段を上って本堂に向かう。広大な境内にも見事なソメイヨシノの大木が点在し、薄桜色の花々が目を楽しませてくれる。いたるところにブドウ棚があり、ここが〝ぶどう寺〟と呼ばれる場所だと認識させられる。

階段を上り切ると、遠くに南アルプスの山々を望める絶景が待っていた。

「わー、いい景色。空気も澄んでて最高。本堂も立派で見応えがありますね」

一瞬、観光気分になってしまった。

石庭の奥に佇《たたず》む本堂は、左右にそり上がった屋根が特徴。鎌倉《かまくら》時代に檜《ひのき》の樹皮で造られた、関東では最も古い木造建造物だという。

ちなみにこの寺は、恋ダンスで一世を風靡し、主演の男優と女優が結婚したことで有名な恋愛ドラマのロケ地に使用されたそうだ。

カエデの事前リサーチでその事実が判明したときは、マジか！　とテンションが高まった。実際に来てみると、「ここで撮影されたのか……」と感銘《かんめい》のようなものがこみ上げてくる。遺産問題とはまったく関係ないので、ロケ地情報は警部と十条兄弟には黙っているのだが。

「せっかくだから参拝していこうか」

グルメ警部に提案され、本堂の中に入った。カエデは本尊《ほんぞん》の前で「遺言書の謎が解けますように」と祈る。十条兄弟も静かに何かを祈っている。

大善寺の本尊は、左手にブドウの房《ふさ》を持った、非常に珍しい薬師如来像《やくしにょらいぞう》だ。ただし、拝顔できるのは五年に一度の御開帳《ごかいちょう》時のみ。普段は本堂にパネルが飾られているので、姿形は窺《うかが》うことができる。

一体なぜ、ブドウを持つ薬師如来像が安置されているのか？

カエデのリサーチによると、この寺にはある伝承《でんしょう》が残されているそうだ。

西暦七一八年に、とある僧がこの地を訪れたとき、手にブドウの房を持った薬師如来の夢を見たため、木彫りの薬師如来を造った。その後、僧が法薬だったブドウの作り方を村人に教えたので、この地にブドウが栽培されるようになり、甲州《こうしゅう》ブドウと呼ばれるようになったらしい。

参拝を終えた皆にカエデがその情報を伝えると、警部が厳《おごそ》かに言った。

「甲州ブドウは日本で千年以上の長い歴史を持つ、日本最古の品種なんだ。そしてここ勝沼は、甲州種を使用した日本ワイン発祥の地。この大善寺は、国産ブドウとワインの聖地のような存在だ。ワイン収集家だった秀之助さんも、ここには思い入れがあったのかもしれない」

このグルメ警部の推測は、見事的中することになる。

大善寺の住職に面会を求めると、客殿《きゃくでん》の大広間に案内された。

回廊《かいろう》の外は日本庭園となっており、太陽の反射で大きな池の表面がキラキラと輝いている。

「ようこそおいでくださいました。十条秀之助さんには大変お世話になったんですよ」

柔和《にゅうわ》な笑顔の住職が、白と赤紫色のボトルを盆に載せて運んできた。人数分のグラスと共にテーブルに置く。

「せっかくなので、うちのワインを飲んでいってくださいな。甲州という品種で造った辛口の白ワインです。うちの寺で造ったんですよ」

すると、秀明が「いやでも……」と口ごもった。

「僕らは父の遺言書に導かれて、こちらにお邪魔しただけでして……」

「そう、〝ワインの寺にいる〟って言葉が遺されてたんですよ。ワインの寺といえばここですよね。何かご存じなら教えてもらえませんか？」

秀二も必死の様相《ようそう》で尋ねている。

「まあまあ、一杯ぐらいいいじゃないですか。アルコールが苦手でしたら、自家製の赤ブドウジュースをどうぞ。こちらはマスカット・ベリーAという、日本固有品種の赤ブドウを使用しているんです」

のんびりと応じた住職に、カエデだけ「じゃあ、わたしはジュースを」と答えると、住職が各自のグラスに飲み物を注《つ》いだ。

「すみません、いただきますね」

「では、私も甲州ワインをいただきます」

カエデが赤ブドウジュースを飲み、警部が白ワインを飲む。

「うわー、このジュース美味しい……」

まるで搾《しぼ》りたてのようにフレッシュな赤ブドウジュース。ゴクゴク飲み干してしまわないように、少しずつ味わう。

「――うむ、ワインもいい。甲州種ならではの爽やかな酸と、ほどよい糖度。フルーティーな香り。すべてのバランスが整っている。さすが、日本が誇る古来品種ですね」

「そう言っていただけるとありがたいです」

住職が警部に礼を述べる。

「ここ勝沼は、江戸時代からブドウの生産地として知られるようになりまして、明治以降に本格的なワインの醸造《じょうぞう》を始めました。日本初の葡萄酒《ぶどうしゅ》会社が設立されたのも勝沼なんです。当時は、日本人に馴染《なじ》みの薄かったワインを浸透《しんとう》させるために、相当な苦労をしたそうです。先人が開拓した国産ワインの素晴らしさを、少しでも多くの方に知ってもらえたらうれしいですね」

「今や甲州ワインは、世界に通用するブランドですからね。ご苦労された方々には頭が下がります。本当に素晴らしい風味です」

褒《ほ》め称える警部に釣られたのか、十条兄弟も白ワインを口にした。

住職がニコニコと、その姿を見つめている。

「秀明さん、秀二さん、お味はいかがですか？」

「ああ、すごく飲みやすいです。甲州ワインなんて初めて飲みました」

秀明が住職に答えると、「オレもです。スッキリしててウマい」と秀二も喉《のど》を鳴らす。

「そうですか。それは良かった。お父上もよろこばれると思いますよ」

え？　と十条兄弟の声が重なった。

「そのワインは、お父上の秀之助さんが仕込みを手伝ってくださったものです。秀之助さんはワインがお好きで造詣《ぞうけい》も深く、定期的にお泊りに来られてました。来るたびに畑の手入れやワインの仕込みを手伝ってくださいまして、うちのブドウやワインを御利益があるからと、いろいろな方に勧めてくださいました。ご購入してくださったことも、幾度《いくど》となくあります。秀之助さんへの御恩《ごおん》は数え切れません」

穏やかな表情のまま、住職が語る。

十条兄弟は、何も言えないままワインを飲み続けている。

「それにしても……。おふたりとも、ご立派になられましたね。初めていらしたときは、秀明さんはハイハイをされていた。秀二さんはおくるみに包まれて奥様に抱っこされてました」

ええ？　と再び十条兄弟の声が重なる。

「僕たち、ここに来たことがあったんですか？」

秀明が信じられないと言わんばかりの表情をする。

「ええ。覚えてはおられないでしょう。今、おふたりが座っている場所で、秀之助さんと奥様はワインとジュースを飲まれていた。まだ幼いあなた方を、それはそれは大事にしておられましたよ」

茫然《ぼうぜん》とする兄弟。

やがて秀二が、「マジかよ。母さん、ワインのことは何も知らないって言ってたのに……」と小声でつぶやく。

カエデも驚いていた。

この寺は、十条家の家族にとって、思い出の場所だったのだ。

「〝ワインの寺にいる〟。それは、秀之助さんとご家族の団らんを見ておられた、ご住職のことだったんですね」

感慨《かんがい》深く警部が言った。

「そうかもしれません。秀之助さんが最後にいらしたのは、昨年の九月。丁度ブドウの収穫期でした。秀之助さんはここだけでなく、ほかのワイナリーでもワインの仕込みを手伝っておられました。何日かお泊りになってお帰りになるときに、お預かりしたものがあるんです」

住職は懐《ふところ》から、一通の白封筒を取り出した。

〝遺言書② 十条秀之助〟と筆文字で書かれている。

「もしも息子さん方が来たら渡してほしい。そうおっしゃってました」

十条兄弟は、顔を見合わせている。

「去年の九月？　兄貴、それって父さんがピンシャンしてた頃だよな？」

「ああ、七十過ぎてたけど大きな持病もなかったようだし、死期が迫ってる自覚なんてなかったはずだ」

首を捻《ひね》りながら、秀明が封筒を手に取る。

「秀之助さんは、礼節《れいせつ》を守られるしっかりとした方でした。最後にお話ししたとき、『最近、血圧が高くて酒は控えている』とおっしゃっていました。万が一に備えて、いわゆる終活も早めにやっておかれたのかもしれませんね。私はその封筒をお預かりしただけですので、詳しいことは存じ上げないのですけど」

微笑みを崩さない住職に、秀明は「父の頼みをきいてくださり恐縮《きようしゆく》です」と礼を述べ、二通目の遺言書を開封した。

「……やっぱり思った通りだ。また謎解きだよ」

うんざりした顔で差し出された便箋《びんせん》には、またもや達者な筆文字がしたためられていた。

秀明・秀二へ
もう一度ふたりで次の謎を解け。すべて解けたら我が宝を授ける。
②【とりあいすびならあすにいけ】
※蒸し鶏はいらない。唐揚げと蒸し茄子《なす》だけでいい。

さらに、文章の下部にはイラストが入っていた。

〝丸い皿にナイフとフォーク〟と〝ワインの入ったグラス〟だ。

秀之助が筆で描いたと思われる。

「なんでしょう？【とりあいすびならあすにいけ】？　鶏のアイスの日なら明日に行け……なんてありえないですよねえ。あと、居酒屋の注文みたいな文章も入ってます。『蒸し鶏はいらない。唐揚げと蒸し茄子だけでいい』。お父様は蒸した鶏がお嫌いだったんですか？」

カエデが質問すると、秀明は苦虫を嚙み潰したような顔をした。

「知りませんよ！　こんな子どもじみた文書をわざわざご住職に預けるなんて、どうかしてるとしか言いようがない」

「もしかしたらだけど、父さんボケ気味だったのかな？　この文章とイラスト、ちょっとヤバくない？　意味不明すぎて怖いんだけど」

ついに秀二からボケ説まで飛び出した。

「そんなことないですよ。最後にお会いしたときも、しっかりしていらっしゃいました」

すかさず住職がフォローに入る。

「ちょっと見せてください」

グルメ警部が便箋を受け取り、文章に目を通す。

誰もが固唾《かたず》を呑んで彼を見守っている。

やがて警部は、「文字抜きだな」とつぶやいた。

「文字抜き？」

「そう。小学生レベルの暗号だよ。この『蒸し鶏はいらない。唐揚げと蒸し茄子だけでいい』というのは、文字抜きのヒントだ。要するに言葉遊びだな。蒸し鶏（むしとり）は〝と〟と〝り〟を無視する。唐揚げ（からあげ）は〝あ〟と〝げ〟を空にする。蒸し茄子（むしなす）は〝な〟と〝す〟を無視する」

「なるほど！　つまり、【とりあいすびならあすにいけ】から、『と、り、あ、げ、な、す』の六文字を抜いて読めばいいんですね！」

カエデは張り切って、文字抜きした文章を読み上げた。

「いびらにいけ……。いびらに行け？　いびら、ってなんでしょう？」

「あのな、カエデ。話はちゃんと最後まで聞け」

呆《あき》れ顔の警部に、「すみません」と小声で謝る。

「蒸し鶏はいらない、って書いてあるだろ。だから、〝と〟と〝り〟は無視しなくていい。唐揚げと蒸し茄子だけを適用すればいいので、『な、す、あ、げ』の四文字を【とりあいすびならあすにいけ】から抜いて読むんだ」

「と、り、い、び、ら、に、い、け」

警部からヒントを聞いた秀明が、文字を抜いて読み上げた。

「〝とりいびら〟に行け？　とりいびらってなんだ？」

首を捻る秀二に、「おそらく鳥居平《とりいびら》のことでしょう」と答えたのは、じっと話を聞いていた住職だった。

「甲府盆地の入り口の『柏尾山』に、『鳥居平』と呼ばれる丘陵《きゆうりよう》があります。勝沼には〝ぶどうまつり〟という秋祭りがあるのですが、そこでは江戸時代から続く神事《しんじ》〝鳥居焼き〟を行います。これは、丘陵の斜面に鳥居の形に護摩木《ごまぎ》を並べて、聖火を点《とも》す山焼きです。勝沼の人々は、夜空に浮かび上がる鳥居焼きを眺めながら、ブドウの収穫に感謝し、来年の豊作を願うんです。ここで〝とりいびら〟といえば、鳥居焼きの〝鳥居平〟しかありません」

「なるほど。ということは、その鳥居平に行ってみれば、何かがあるのかもしれない。ご住職、ありがとうございます。ワインもごちそうさまでした」

　秀明が急いで立ち上がる。

「いや、ちょっと待ってください」

　警部は遺言書のイラストを指差している。

「ここに皿とカトラリー、それにワイングラスが描かれている。単純に、鳥居平という丘陵を意味しているのなら、こんなイラストを入れる必要はないと思うんです。このイラストから連想されるのは、洋風の食事とワインなのですが……」

「ああ、それなら心当たりがあります」と住職が反応した。

「この近くに『レストラン鳥居平』というフレンチの店があるんです。ワイナリーの中にあるレストランで、秀之助さんもよく通っていたはずです」

「ご住職、非常に助かります。それなら、〝とりいびら〟は店名と考えたほうがしっくり来る気がします。丘陵の名前ですと、あまりにも漠然《ばくぜん》としていますから」

「確かに、広すぎてどこを目指すべきなのか迷いそうだね。オレもレストラン説に一票入れる」

　秀二が警部に賛同し、秀明も「そうかもな」と頷く。

「とりあえず、その『レストラン鳥居平』に行ってみませんか。そろそろランチの時間ですし」

そう言ってグルメ警部は、オメガの腕時計をチラ見したのだった。

◈

『レストラン鳥居平』は、勝沼の老舗ワイナリー『シャトー勝沼』の敷地内にあった。

一階が自社製品を中心としたワインの販売所。二階がフレンチレストラン。大きな窓から勝沼の景勝を一望できる、開放感に満ちた店である。

時間が早いためか、店内の客はそう多くはなかった。若い男性スタッフに「十条と申します。店主さんはいらっしゃいますでしょうか？」と秀明が告げると、すぐに初老《しょろう》の男性店主が対応してくれた。

カエデたちは、来る前に電話で「十条秀之助」の名前で予約してあった。この店が秀之助と関係があり、大善寺の住職同様に遺言書に関わる者がいるのであれば、何らかのリアクションが期待できるのではないか、とグルメ警部が考えたからだ。

「十条様。お待ちしておりました。どうぞこちらのお席へ」

店主が案内してくれたのは、店の奥にある個室だった。

レンガの壁にブルーのテーブルクロスのかかった丸いテーブル。大小のワイングラスと白い皿にブルーのナプキン、銀のカトラリーが四人分セットしてある。

「わあ、めちゃくちゃステキなお店ですね！　景色もご馳走のひとつですよ」

窓の外を眺めながら、カエデは席に着いた。

「カエデちゃんの陽気な声、なんか和むなあ」

秀二が微笑んでいる。

「遺言書で来たんじゃなければ、もっと寛《くつろ》げるんだけどな」

秀明は硬い表情を崩さない。

「ここが遺言書の〝とりいびら〟で正解なのか、実に楽しみですね」

グルメ警部はあくまでも楽観的だった。

「改めまして。わたくし、店主の青山《あおやま》と申します」

名刺を取り出した青山が、それを各自に渡してくる。

「失礼ですが、十条秀之助さんのご関係者様でしょうか？」

ダンディ、という形容が似合うスーツ姿の青山。人に安心感を与える穏やかな笑みが、サービス業の長さを物語っている。

「そうです。僕が長男の十条秀明で……」

「次男の秀二です」

秀明の隣に座った秀二が頭を下げる。

「こちらのおふたりは、警視庁の久留米警部さんと助手のカエデさん。父の遺言書のことでお世話になっています」

秀明に紹介され、カエデと警部も会釈をした。

「そうですか。この度はお悔やみ申し上げます。秀之助さんには大変お世話になりました。お越しいただきありがとうございます」

青山は腰を折り、丁寧に礼をする。

「早速ですが、父の遺言書に『鳥居平に行け』とありまして、もしかしたらこちらのことかと思い予約させていただきました。丁度ランチの時間ですし、食事がてらお話を聞けたらと思いまして」

早口で伝えた秀明に、青山は大きく頷いた。

「秀之助さんから承っております。もしも息子さんたちがいらしたら、コース料理を出してほしいと」

「コース料理？」

驚く十条兄弟が揃ってオウム返しをする。

「はい。昨年の秋に秀之助さんから依頼されました。メニュー構成の指示もいただいております。ですから、ずっとお待ち申しておりました。よろしければ本日のランチは、秀之助さんのご依頼通りのお料理をお出ししてもよろしいでしょうか？」

「それは素晴らしい！」と警部が感嘆の声をあげた。

「やはり、鳥居平はこちらのレストランのことだったのですね。秀之助さんが息子さんのためにコース料理をセッティングされていたとは、想像もしていませんでした。可能でしたら、私たちも同じコースをいただいてもいいですか？」

警部はうれしくてたまらない、といった表情で青山を見上げている。

「もちろんでございます。それでは、秀之助さんから依頼されたお料理とワインをご用意いたしますね」

「あ、すみません。わたしはお酒が飲めないので、別のものをお願いします」

「承知しました。ノンアルコールのお飲み物をご用意いたします。少々お待ちくださいませ」

青山は再度礼をしてから、個室を出ていった。

有無を言わさずにオーダーを決めてしまった警部に、秀明が「斗真くん！」と食ってかかる。

「勝手に話を進めないでくれよ！　なんで親父がこんなことをしたのか、まずは訊《き》きたかったのに」

「訊いたところで満足な答えは返ってこないでしょう。青山さんも大善寺のご住職と同じはずです。頼まれたから、としか言えないはずですよ。でも、秀之助さんは最高のサプライズを用意していた。息子たちのためのコース料理。そんなことをしてくれる親なんて、なかなかいませんよ。秀之助さんに感謝しないと」

警部はすまし顔でナプキンを膝に広げている。

「でも、暗号の鳥居平がこのレストランでよかったですよね。もし丘陵に行ってたら、めっちゃ迷ってたかもしれませんよ」

悪くなりそうな空気を、とりあえず緩和《かんわ》させるべく発言してみた。

「確かに」と警部が頷く。

「せっかく秀之助さんが用意してくれたスペシャルランチです。それをいただけば、宝へと繋がるヒントが見つかるかもしれません。まずは楽しみましょう」

そうだ、とカエデは本来の目的を思い出した。

宝の行方はまったくわからないままだ。

「秀二、親父がここにも何か預けてる可能性があるぞ」

「だな。またくだらないクイズだったら最悪だ」

「こんな小学生みたいな絵まで描いて。ヘタクソすぎて呆れるよ」

「そういえば、子どもの頃によくクイズ出されたよな、父さんに」

「思い出させないでくれ。それで僕はパズラー系が嫌いになったんだ」

「このクイズが解けないとメシ食わせないとか、わけわかんないこと言いやがってさあ。まじウザかったな」

などと言い合いながらも、十条兄弟はどこか楽しそうに見える。

「お飲み物をお持ちしました」

青山自《みずか》らが、泡の立つシャンパングラスを運んできた。

「こちら、うちのワイナリーで造った甲州種のスパークリングです。ノンアルもございましたのでお持ちしました。そして、こちらは前菜となります」

若い男性スタッフが、四つの皿をそれぞれの前に置く。

皿の上に、二種類の料理が美しく盛られている。ピンク色の生ハムで巻かれた白いチーズの下に、真っ赤な苺《いちご》のソースが敷いてある。その横にあるのは、細かく千切りしたニンジンと干しブドウのサラダだ。

「〝自家製フレッシュチーズの甲州ワイン豚生ハム巻き・苺ソース〟。それから、

〝大塚《おおつか》ニンジンと巨峰《きょほう》干しブドウのラペ〟でございます。甲州ワイン豚とは、ワインを搾って残ったブドウ粕《かす》を飼料《しりょう》として育てられた豚肉。大塚ニンジンも地域の郷土野菜。干しブドウは自家製です。ラペのドレッシングも、地産のオリーブオイル、マスタード、ハチミツを使用しております」

青山が解説をしているあいだに、若い男性スタッフが焼き立ての小ぶりなフランスパンを小皿に載せ、バターをセットしていった。

「うちの工房で焼いたパンです。自家製燻製《くんせい》バターでお召し上がりください。では、どうぞお楽しみくださいませ」

「ちょっと待ってください」

立ち去ろうとした青山を、秀明が鋭い声で呼び止めた。

「これ、本当に親父が指示した前菜なんですか？」

「ええ。うちは地場の食材にこだわっておりまして、どちらも秀之助さんが召し上がれて気に入ってくださった料理です。それを前菜にしてほしいと言われました」

「僕はチーズが苦手なんです。弟はニンジンが食べられません。なのに、なぜこんなものを……」

秀明は怒りをこらえている。秀二も苦々しい表情で皿を睨んでいる。

「申しわけないのですが、こちらは秀之助さんに頼まれたコース料理をお出しするだけです。本来ならば苦手な食材を伺ってから料理を構成するのですが、今回だけはご了承ください。もちろん、お好みでなければ残してくださって構いません」

青山が立ち去ったあとも、十条兄弟は皿を前にしばらく黙りこくっていた。

「では、お先にいただきますね」

グルメ警部は空気を読まずに、前菜に手をつけ始めた。

「――これは素晴らしい。フレッシュで臭みのないモッツァレラチーズに、しっとりとした生ハム。そこに苺ソースの爽やかな酸味と濃密な香りが絡《から》み合って、一体感を生み出している。ラペのニンジンも、通常のより遥《はる》かに甘みが強くてクセが少ない。マスタードドレッシングに混ざった胡桃《くるみ》の歯ごたえと、食べ応えのある巨峰の干しブドウが、ニンジンのサラダという概念を見事に打ち壊しています。甲州種のスパークリングともよく合いますよ。チーズもニンジンも、既存のものとは違うはずです。この機会にトライしてみてはいかがですか？」

「いや、断わる。やっぱり親父は意地が悪い。我々が食べないと知っていながら、こんな前菜を用意させたんだ。家に居つかなかった息子への復讐《ふくしゅう》のつもりなのか？」

相変わらず秀明は怒りで目をぎらつかせている。

「ちょっと父さんを懐かしく思っちゃったオレがバカだったよ。ケチで意固地で横暴だったから、辟易《へきえき》して父さんから離れたのにな。そんな大学じゃダメだ、レコード会社に就職なんて認めないとか、オレはあの人に否定ばかりされてたんだ」

秀二もここぞとばかりに文句を垂《た》れ流す。

「そうだ。親父は僕たちを自由にさせようとしなかった。どうしても自分と同じ公務員にしたかったんだろう。それ以外の道は頑《がん》として認めなかった。僕が塾の講師になったときも、あからさまにがっかりしていたよ。どうせなら学校の教師になれって、何度もしつこく言われたもんだ。僕には僕の考えがあって、学校じゃなく塾を選んだのに。家を出てひとり暮らしを始めたときの解放感は、今でも忘れられないね」

「まあまあ、秀明さん、秀二さんも。せっかくこんな空気のいい場所に来て、地産にこだわったレストランにいるんです。少しは食事を楽しみましょうよ。おふたりが怖い顔をしているから、カエデが委縮してしまって食べられないままです」

警部の言う通り、カエデは食事をする気分にはなれずにいた。

「……ああ、ごめんね、カエデちゃん。運転で疲れただろうし、気にしないで食べてよ」

「じゃあ、秀二さんも食べてください。ニンジンは苦手でも、チーズと生ハムは大丈夫なんですよね？」

「……まあ、ね」

「秀明さんは？　チーズはダメでも、ニンジンは食べれるんじゃないですか？」

「それはそうだけど……」

「だったら、おふたりで苦手なものを分け合えばいいじゃないですか。お願いだから機嫌を直してください。わたしだって、ここでランチするの楽しみにしてたんですよ」

柄にもなく口を出してしまった。亡き父親への文句で食事を台無しにする兄弟が、許しがたくなってきたからだ。

「兄貴、カエデちゃんの言う通りだ。お互いの苦手なものを皿に移し合おう」

秀二が先に折れたので、秀明も渋々頷く。

「まあ、頑なに食べないのも大人気ないよな。これじゃあ、意固地だった親父と同じになってしまう」

十条兄弟は、手早くお互いの料理を移し替えた。

「よかった。じゃあ、わたしもいただきますね」

カエデはようやく前菜にありつけた。

「ひゃー、美味しい！　フレッシュチーズと生ハムの組み合わせが最高です。苺のソースが意外なほどマッチしてますね。ニンジンのラペも大好物なんです。シャキシャキしてて甘みがあって、スーパーのニンジンとは大違い。ノンアルのスパークリングもすごいです！　これにアルコールが入ってないなんて、ちょっと信じられないなあ」

「一度発酵《はっこう》させたスパークリングから、アルコール成分だけを抜いているんだよ。だから、風味は本物のスパークリングと変わらないはずだ」

本物をゆっくりと飲みながら、警部が解説をする。

「地元の食材にこだわるワイナリーのフレンチ。本当にステキなお店ですね。ねえ、秀明さん、秀二さん？」

カエデがさり気なく問いかける。

「うん、悪くないよ。料理も酒もウマい」と、気分を直した様子の秀二が返事をし、秀明が「自分で自由に選べるならな」と不機嫌そうに続ける。

そんな秀明の皿も、空になりつつあった。

続いて提供された料理で、十条兄弟は再び不機嫌になってしまった。

「〝甲斐《かい》サーモンレッドのミキュイと山ウドのミルフィーユ、採れたてモリーユ茸のベニエと共に〟です」

大皿の左側に、赤味の強い魚の切り身と白い薄切り野菜が、長方形のミルフィーユのようになった料理が載っており、その下に緑がかったクリームソースが敷いてある。右にあるのは、ふっくらと揚がった小ぶりの天ぷらのような料理だ。

「甲斐サーモンレッドは、山梨の淡水で育てた大型の虹鱒《にじます》です。赤ブドウの皮の粉末を与えることで、身が赤くなり臭みもなくなります。低温調理で半生に仕上げた甲斐サーモンのミキュイと、近所の山で採れたウドをミルフィーユ仕立てにしました。香草クリームソースでお召し上がりください。

モリーユ茸はフランスの高級食材のひとつで、日本ではアミガサ茸と呼ぶキノコです。こちらも山で採れた新鮮なものに、小麦粉や卵、生クリームで作った生地をまとわせ、ふんわりと揚げてベニエにしました。お好みでレモンをかけて、お熱いうちにどうぞ」

説明を終えた青山が去っていく。

「……おい、またたぞ」と秀明が暗い声を出す。

「もう、わざとだとしか思えないな」と秀二も眉をひそめる。

「どうかしたんですか？」

嫌な予感を抑えつつ、カエデはおずおずと尋ねた。

「僕はキノコ類が一切ダメなんだよ。で、秀二は生魚と苦い野菜がダメ」

「そう、甲斐サーモンレッドとかいうのとウドは食べられない。たとえ低温調理でも、生っぽい魚は苦手なんだ。兄貴はモリーユ茸とやらが無理なんだよな」

またもや、兄弟それぞれが苦手な食材がチョイスされていたのである。

「やはり、食わず嫌いを直してほしい、という秀之助さんのお考えかもしれませんよ。私にとっては素晴らしいご馳走だ」

警部は、青山に注がれてあった甲州ワインの白を飲み、「やっぱり甲州種はいいな」と言ってからカトラリーを動かした。カエデも兄弟には構うことなく、料理に手をつける。

「わ、モリーユ茸って初めてだけど、すっごく美味しいんですね！　微かに木の実のような香りがします。食感がコリコリしてて独特ですね」

「フランスではトリュフに次ぐ高級キノコだ。ここでお目にかかれるなんて、幸運としか言いようがないな」

「甲斐サーモンレッドのミキュイも最高です！　甘くてトロンとしてて、ウドの苦みとシャキシャキ感との相性がすごくいい。脂ののりもほど良くて、どことなく上品な味ですね。クリーミーなソースがめちゃくちゃよく合います。警部、このお店も確保ですか？」

「そうだな。今のところ確保でもよさそうだ。メインディッシュで最終ジャッジをしよう」

「なに呑気《のんき》に話してんだよ！　嫌がらせされてるこっちの身にもなってくれよ！」

秀明は声に悲壮感を滲ませている。

「嫌がらせと取るかどうかは、あなた次第です。どうしても食べられないのなら、前菜と同じように秀二さんとシェアすればいい。幸いなことに、秀之助さんはおふたりが〝苦手ではない食材〟も、ひと皿の中に盛り込んでいる。それがどういう意図なのかまでは、私にはわかりませんがね」

警部がやや厳しい言い方をした。

「兄貴、仕方がないよ。これも分け合って食べよう」

秀二が兄の皿に甲斐サーモンレッドのミキュイと山ウドのミルフィーユを移し、

三つほどあったモリーユ茸のベニエを自分の皿に盛る。

「じゃあ、いただきます。――おお、想定外のウマさ。モリーユ茸って奥深い味だな」

料理を味わい始めた弟を見て、秀明も手をつける。

「……悔しいが、ミルフィーユも美味しい。ここがいい店なのは認めるよ。だけど次のメインにも苦手な食材が入ってたら、堪忍袋《かんにんぶくろ》の緒が切れてしまいそうだ」

そんな秀明の言葉は、残念ながら現実化してしまった。


「メインのお料理です。〝甲州牛《こうしゆうぎゆう》と信玄鶏《しんげんどり》のグリエ、地場野菜のラタトゥユ添え〟。甲州牛は、山梨の自然の中で丹念《たんねん》に育てられた最高ランクの黒毛和牛。信玄鶏も、こだわりの飼料とストレスレスな環境で育った、山梨ならではの鶏肉。どちらも肉本来の味を楽しんでいただきたいので、シンプルなグリエにしました。天然塩かラタトゥユと共にお召し上がりください」

「青山さん、ありがとうございます。これ、絶対に美味しいヤツですよね！」

焼いた肉の香ばしい匂いを吸い込んでから、カエデはカトラリーを構えた。

「秀之助さんは絶賛してくださいました。皆様にもお楽しみいただけたら幸いで

す。ワインは日本固有の赤ブドウ品種、ブラック・クイーンを合わせてみてくださ
い」

丁寧にお辞儀《じぎ》をした青山が去るや否や、またもや秀明が激高《げきこう》した。

「もう我慢できない、僕は鶏肉が嫌いなんだ！　なんでくだらない暗号で親父に振り回されて、ランチでも嫌な思いをしなきゃいけなんだよ！」

「オレはトマトがダメだ。ラタトゥユは野菜のトマト煮込みだろ？　せっかく用意してもらったのに悪いけど、また兄貴に食べてもらう。そっちの鶏肉はオレが引き受ける」

「なんだよ秀二。お前は不愉快《ふゆかい》じゃないのか？」

「遺言書にあっただろ、『ふたりで謎を解け』って。だから兄貴はオレと一緒に行動してるんじゃなかったのかよ？」

「そうだけど……」

「さっきから考えてたんだ。父さんがこんなメニューを指示した理由。『ふたりで分け合え』ってことなんじゃないかな？　もしかしたら、宝も仲良く分け合えって意味なのかもしれない。オレたちのそりが合わないこと、父さんも知ってたからさ。とにかく、ここでキレたらアウトな気がする。最後まで残さずに食べようよ。

な?」

どうやら、秀二のほうが柔軟な考え方をするようだった。不満そうな兄を、どうにかなだめようとしている。

「……わかったよ。お前には読解力があるのかもしれないな」

「まあ、アーティストの作詞なんかも手伝ったりするからね。ほら、ラタトゥユをもらってくれよ。鶏肉をもらうから。そうだ、オレの甲州牛も半分食べてよ。そんなに肉ばっか食えないからさ」

「悪いな。ラタトゥユは任せてくれ。トマトは大好物なんだ」

十条兄弟の会話を聞きながら、カエデは料理に舌鼓《したつづみ》を打っていた。

「甲州牛も信玄鶏もヤバいです。どっちも柔らかくてジューシーで、風味が強くてたまりません! 野菜の味が濃いラタトゥユと一緒もいいけど、あっさり塩だけで食べるのが正解だと思います」

「カエデ、量が足りないんじゃないか? 私の肉を分けてもいいぞ」

「いえ、大丈夫です。パンを何度もお代わりしてますから。今、水分を含んだ小麦粉が、胃の中で大膨張《ぼうちょう》してます。お気遣い恐縮です」

「そうか。――このシンプルだがパンチのあるメインに、濃厚なフルボディのブラック・クイーンを合わせてくるとは、ワインのセレクトも完璧《かんぺき》だ。秀之助さんは相当なグルメだったのだろうな。カエデ、私はこの店を確保することに決めたよ」

「やっぱり。警部はそう言うと思ってました。味はもちろん、雰囲気もサービスも文句なしですよね」

などとふたりで会話しつつ、十条兄弟の様子を窺う。

秀明も秀二も、意外なくらい美味しそうにメイン料理を食べている。よかった。仲違《なかたが》いしていたふたりも少し近づいた気がするし。やっぱり、美味しい食事は誰をも幸せにするんだよな。

思わず頰《ほお》を緩《ゆる》めながら、カエデは最後のひと口を頰張った。


デザートの〝桜のジェラート〟を食べ終えたあと、グルメ警部が「ちょっと失礼」と席を立った。お手洗いにでも行ったのだろう。

「いやー、なんだかんだで満足したよ。どの料理もワインもウマかった。なあ、兄貴？」

「まあな。何度も言うけど、自分で自由に選べるなら、この数倍は楽しめた気がするよ」

「次はプライベートで来ればいいよ。嫁さんとふたりで」

「そうだな。泊りで来て、ゆっくり観光でもしたい」

「それにしても、赤ん坊の頃に家族で勝沼に来てたなんてなあ。母さん、忘れてたのかな」

「ああ。ワインのことなんて知らないって言ってたもんな。実家に帰ったら訊いてみようか」

「だね。父さんがいなくなって寂しいだろうし、これからは母親孝行しないと」

穏やかに語り合う十条兄弟。初めに会ったときの刺々《とげとげ》しい雰囲気は、すでに見当たらなくなっている。

「ところで、問題はこのあとだ。宝の場所がここでわかるといいんだが……」

「それな。暗号③だったら勘弁《かんべん》だよなあ。そろそろご褒美《ほうび》をもらえたらありがたいんだけどな。日が暮れる前に帰りたいし」

秀二が兄に言う。

カエデも、確かにそれが問題だよな、と思いを巡らす。

食事だけで終わるわけがない。次への何かがあるはずだ。

「――お待たせ。ここは本当にいい店だな。店内に飾られた絵画は本物だ。竹久夢《たけひさゆめ》うだよ」

二《じ》、ミュシャ。オーナーのコレクションかもしれない。さながら小さな美術館のよ
席に戻ってきた警部が、カエデに伝えてきた。

「そうなんですか！　すごい、わたしもチェックしてきます」

席を立とうとしたら、青山がにこやかな表情で個室に入ってきた。

あわてて椅子に座り直す。

「皆様、どの料理もキレイに食べていただき、誠にありがとうございます。これで、秀之助さんとのお約束を果たせます」

「親父との約束？　もしかして、何か預かってるものでもあるんですか？」

秀明が期待で瞳を輝かせる。

「はい。『息子たちがコース料理を完食できるか見てほしい。それぞれが苦手な食材をわざと選んでおく。嫌がらずに分け合えたら、お互いのことも認め合えるだろう。そしたら、この褒美を渡してやってほしい』。そんな風におっしゃっていました」

「やっぱりオレが思った通りだ！」

興奮気味に秀二が叫ぶ。ワインで酔っているようだ。

「ふたりで分け合う。それが正解だったんだ。これは父さんの試験だったんだよ。あの暗号は、父さんが出した最後のクイズだ。クイズが解けないとメシを食わせないって、昔よく言われたもんな……」

そう言った途端、秀二の顔が歪《ゆが》んだ。目の縁が赤くなっている。

「……そうだな。斗真くんたちのお陰でクイズを解くことができた。だから、親父は素晴らしいランチを用意してくれたんだ」

あれほど父親を罵《ののし》っていた秀明も、しおらしくなっている。

秀之助の息子たちに対する想いが、やっと伝わったのかもしれない。

「では、こちらを受け取ってください」

青山は白封筒をテーブルの上に置いた。即座に秀明が封を取り、中を覗く。

「鍵だ。どこかの鍵が入ってる！」

彼は小さな鍵をつまみ出した。

「〝トンネルワインカーヴ〟の個人セラーの鍵です」

「トンネルワインカーヴ？」

聞き返してしまったカエデに、すかさずグルメ警部が返答する。

「中央線《ちゅうおうせん》の旧深沢《きゅうふかざわ》トンネルを利用したワインセラーだ。カーヴとはフランス語で

〝天然のワイン貯蔵庫〟を意味する。勝沼のトンネルワインカーヴは、ワイン好きのあいだでは有名な存在。観光名所でもあるんだ」

「さすが、お詳しいですね。ここから車ですぐなので、ぜひ行ってみてください。入り口の前に管理室があります。この鍵を見せればカーヴの扉を開けてくれますから、中に入って秀之助さんの個人セラーを見つけてください。名札が貼ってあるのでわかるはずです。秀之助さんは、『そこで宝を保管している』とおっしゃってました」

　宝、のひと言で十条兄弟は色めき立った。今にも走り出しそうなくらいだ。

「青山さん、お手数をかけて恐縮です。父の我儘を聞き入れてくださり、ありがとうございました」

　会計をしようとする秀明に、青山はこう言った。

「お代は結構です。秀之助さんから十分なものをいただいております。私どもにとって、秀之助さんは恩人です。ブドウの手入れやワイン造りを手伝ってくださり、甲州ワインの素晴らしさを広めようと努力してくださいました。もうお会いできないのが残念でなりません。最後に秀之助さんは、こうもおっしゃっていました。『大人になった息子たちと一緒に、勝沼に来てみたかった』と」

しんみりとした青山。大善寺の住職と同じだ。

この町で秀之助は、ワインの生産者たちと深い関係を築いていたのだ。

そして、断絶してしまった息子たちと、この地に来ることを密かに夢見ていた
――。

「……痛み入ります。今日のランチで自分の至らなさを反省させられました。父のお陰です」

「兄の言う通りです。勝沼に来て本当によかった。お世話になりました」

肩を並べた十条兄弟は、揃って深く頭を垂れたのだった。

◈

早速、カエデのミニクーパーで〝トンネルワインカーヴ〟へ直行した。

うっそうとした森のさざめきと、澄んだ小川のせせらぎが聞こえる場所に、それはあった。

明治三十六年に建造され、そのままの姿をとどめているＪＲ旧深沢トンネル。山肌をくり抜いて造られた、情緒《じょうちょ》溢れるレンガ積みのトンネルだ。巨大な鉄の扉が、トンネルの入り口を塞いでいる。

四人はしばらく、扉の前で佇んでいた。

「全長一キロメートル以上。鉄道文化の遺産としても貴重なトンネルだ。温度と湿度がワインの熟成に最適だったため、カーヴとして利用されている。トンネル内の左右に蔵置場があって、およそ百万本のワインを貯蔵できるらしい」

グルメ警部が、ワインカーヴについて説明をする。

そのカーヴ内に、秀之助が個人用のセラーを借りているのだ。

「この中に、親父の宝があるのか……」

感慨深げに秀明がつぶやく。

「斗真くんたちのお陰で意外と早く来れたけど、感覚的にはやっとたどり着いたような気がするよ」

秀二も感動を隠せないようだ。

「では、中に入りましょうか」

管理人から借りた大きな南京錠《なんきんじょう》の鍵を、警部が使う。

ガチャリと音がし、鉄の扉が開いた。

中に入ると、そこはひんやりとした巨大なレンガ造りの密室だった。

平成九年まで実際に使用されていた列車のトンネル。丸い天井の中央に蛍光灯《けいこうとう》が点在しているが、光源は弱く薄暗い。左右にワインボトルが詰まった棚があり、鉄《てっ》格子《ごうし》で覆われている。区画ごとに借り手の名札が貼ってある。あまりにも長大なトンネルカーヴなので、いたるところに業務用リフトや自転車が置いてあった。

「めっちゃ涼しい。ってか寒い。天然の冷蔵庫ですね。暗くてわたしたち以外誰もいないから、ちょっと不気味。わたしひとりじゃ入れないかも……」

「すごいぞ。ボルドーの高価ワイン、シャトー・ラトゥールの棚だ。コレクターが保管しているんだろう。ここはお宝ワインの宝庫だ」

「ってことは、親父の宝も高級ワインなのかもしれないな。早く探さないと」

「どのくらいのお宝ワインなのか、兄貴とオレに判断できるのかな？」

カエデ、警部、秀明、秀二が、それぞれの感じたことを口にする。

名札をチェックしながらしばらく歩いていると、秀二が「ああっ！」と大声を発した。

「なんだ、見つけたのかっ？」

意気込んだ秀明に、「タレントの名前がある！」と秀二が答えた。

「うわ、オレも仕事したことのあるタレントだ。あいつ、ワインのコレクターだったのか」

「……秀二、今はタレントなんかどうでもいいだろ。親父のセラーを探してくれよ」

「わかってるって。ちょっとビックリしただけだよ」

あーもう、宝が見つかったのかと思ったじゃない。無駄にドキッとさせないでよ……。

飄々《ひょうひょう》と歩いていく秀二の背中を睨みつける。

「――あった。ここだ」

突然、警部の声が響き渡った。

「十条秀之助。間違いない」

トンネルの遥か奥まで、ずらりと続くワインセラー。

その一角に、「十条秀之助」と名札の貼られた個人セラーがあった。

鉄格子越しに、ぎっしりとワインボトルが詰め込まれているのが見える。カビ防止のためだろう。各ボトルはビニールラップで包まれている。

「やっぱり、親父の宝はワインボトルだったんだ。すごい量だ……」

啞然《あぜん》とする秀明に、秀二がぽつりとつぶやく。

「これをふたりで分けろ、ってことなんだろうな」

兄弟はしばし、宝の山に見とれていた。

「ざっと見て百本はありますね。秀明さん、セラーの鍵を使ってください」

「わ、わかった」

警部に言われて、秀明が鉄格子の扉を開く。緊張しているのだろうか、手が小さく震えている。

「斗真くん、オレと兄貴はワインに明るくない。どのくらいの価値があるのか、チェックしてもらえないかな?」

「私もプロではないので、どこまでお役に立つかわかりませんが、とりあえず見させてもらいますね」

警部は、セラーからワインボトルを一本ずつ取り出して、ラベルをチェックしていく。

しばらくのあいだ、静寂《せいじゃく》だけがその場を支配していた。

十条兄弟は、瞬《まばた》きも忘れたかのように警部を見つめ続けている。

カエデは自分の速まる鼓動《こどう》の音を、ひたすら感じていた。

——ひと通り見た警部が、おもむろに口を開く。

「秀明さん、秀二さん。ちょっと確認してもいいですか?」

もちろん、と答えたふたりに、警部は問いかけた。

「もしかしたらですが、秀明さんは一九八三年生まれ、秀二さんは一九八五年生まれではないですか？」

「そうだ。それがどうかしたのかい？」

秀明が即答する。

警部はゆっくりと兄弟に視線を送った。

「これはキュヴェです。この世にふたつとない、特別なワインですよ」


「――キュヴェ？」

キョトンとする十条兄弟に、警部が解説をする。

「キュヴェ（Cuvée）というフランス語には、〝生産者側で特別な意味合いを持つワインとして、選別されているもの〟という意味があります。ここにあるワインは、すべて甲州種の白ワイン。ラベルに〝Cuvée 1983 十条〟とあるものが半分、残り半分には〝Cuvée 1985 十条〟とある。

つまり、秀之助さん個人が、一九八三年と一九八五年に収穫されたブドウで、勝沼のワイナリーに造らせたワインだと思われます。要するに、おふたりの誕生を祝ってわざわざ造った、特別なワインなんですよ。ここにしか存在ない、子どもたちへの愛が詰まったワインボトルです」

「……僕らのために、親父が？」

秀明が目を見張っている。

「ええ。ここ勝沼は、ワイン好きの秀之助さんにとって馴染みの町。おそらく、奥様の知世さんが長男の秀明さんを身ごもったとき、ここでキュヴェを造ろうと決めたのではないでしょうか。次男の秀二さんのときも同じです。ご自身でブドウの手入れを手伝い、収穫し、ワインの仕込みを手伝って造ったキュヴェ。まさに、値段のつけられない宝物です」

警部の言葉を受け、カエデの脳裏《のうり》にいろいろな場面が浮かんできた。


お腹の大きな若き日の知世夫人。

目を細めて彼女のお腹を撫でる、まだ若い秀之助。

端正《たんせい》込めてブドウの手入れをし、ワインを仕込んでいる秀之助。

赤ん坊の息子たちを抱いて、大善寺を訪れる秀之助夫妻。

大広間で無邪気に笑い合う、夫婦と幼い息子たち。

いつか、この子たちが大きくなったら、またみんなで勝沼に来よう。誕生を祝ってキュヴェを造ったことを、ふたりに伝えよう——。

「『大人になった息子たちと一緒に、勝沼に来てみたかった』。秀之助さんは、青山さんにそう言い残したそうですね。その夢は叶わないまま、あなた方のお父様はあの世に旅立ったんです。特別な宝であるキュヴェワインを、おふたりに遺して。その宝へと至る道筋を、昔から息子たちとのコミュニケーションとして出していた、クイズのような暗号文にしたためて。

……きっと、子どもに対しては不器用な方だったのでしょうね。不器用だけど愛情深い方だった。私は秀之助さんが大好きでした。羨《うらや》ましいですよ。そんなにもお父様から想われていた、秀明さんと秀二さんが」

しばらくうつむいていた秀明が、瞳を潤《うる》ませて警部を見た。

「……斗真くん、ありがとう。親父は……親父はすごい宝を遺してくれたんだな。大切にするよ」

「オレはすぐに飲みたい。父さんが造ってくれた貴重なワインだ。一滴《いってき》たりとも無駄にしないように飲み干すよ」

秀二も感極《かんきわ》まったのか、しきりに目をしばたたかせている。

「そうだ兄貴、一緒に飲まないか？　このあと大善寺に戻って。改めてご住職に礼も言いたいし」

「いいな。思い出の大善寺で親父と一緒に飲もう。ここから一本ずつ、ワインを持っていこうか」

「母さんにも連絡しないとね。宝を見つけたこと。父さんがオレらにしてくれたこと。きっと心配してるだろうから」

「それはいいですね。知世さんも秀之助さんも、きっとよろこばれると思いますよ」

大きく頷きながら、グルメ警部が微笑んだ。

カエデは、警部の言葉を脳内で繰り返していた。

（羨ましいですよ。そんなにもお父様から想われていた、秀明さんと秀二さんが）

あのとき警部は、とても悲しい目をしていた。

自分には、父親からの愛情などないと思っているのだろうか？　だからこそ、近所の秀之助さんに父性を見出して慕ったのか？　血の繋がらない母親との生活は、どれほど冷たく息が詰まるものなのだろう……？

あなただってきっと、お父様から愛されてる。実のお母様だって、いつもあなたを見守ってる。だから、そんな悲しい目なんてしないで……。

そんな風に声をかけてみたかったけど、余計なお節介だなと思って言葉を飲み込んだ。いつかの未来に、警部とフランクに彼の親の話ができる日が、きっと来ると願いながら。

「カエデ、秀明さんたちを大善寺に送ろうか」

「はい！」

それぞれが大事そうにワインを抱えた十条兄弟と共に、カエデたちはトンネルカーヴを出発した。

「遺言書の暗号とお料理のコース。あれは、家族の絆を取り戻すために秀之助さんが考えたんでしょうね」

◈

帰りの車中で、カエデは後部座席のグルメ警部に話しかけていた。

「息子たちの誕生を祝って造ったキュヴェ。ステキな宝物でしたね。秀明さんと秀二さん、最初は高級ワインを期待してたみたいだけど、もっと素晴らしいワインが遺されてたんですよね。エモい話だなー」

少しの間があって、警部の低い声が聞こえた。

「高級ワインもあったんだ」

「……え？」

一瞬だけ、ルームミラー越しに彼と目が合った。

「あの中に一本だけ、キュヴェではないワインが交ざっていた。それも、〝ワインの王様〟と呼ばれる超高価ワインだ。フランス・ブルゴーニュ地方で造られる〝ロマネ・コンティ〟。平均価格二百二十万。オークションに出せば数千万になる場合もある」

「ええっ？　それって本当のお宝じゃないですか！　なんで言わなかったんですか？」

「一本しかなかったからだ。どうやって分けるのか、兄弟で諍《いさか》いになるかもしれないと思ったからだよ。『ふたりで分け合え』という秀之助さんのメッセージは、あの高価な一本への苦慮《くりょ》だった可能性がある」

「でも、なんで一本だけ……？」

「ロマネ・コンティは生産数が限られた希少なワインだ。ゴールドや美術品のように投資対象と考える者も多い。コレクションに加えたい収集家はごまんといるから、購入できる人は限られている。きっと秀之助さんは、一本しか手に入れられなかったんだろう。だけど、あの場で兄弟に真実を告げたら、キュヴェの感動など吹き飛んでしまうかもしれない。せっかく秀之助さんへの感謝が芽生えたんだ。このまま話さないほうがいいと、とっさに判断した。それに……」

「それに？」

「知世さんはすべて知っていたはずだ。遺言書の正解も、宝の正体も。知っていてわざととぼけていた。実は、レストランで席を外したとき、青山さんに確認したんだ。秀之助さんが奥さんとここに来たことがなかったかと。青山さんはそれを肯定した。去年の九月に夫婦で来店したそうだ。それでわかったんだよ。今日のランチを青山さんに頼んだのは、知世さんだってな」

「じゃあ、あのコース内容も……？」

「考えたのは秀之助さんかもしれないが、事前にオーダーしておいたのは知世さんだよ。そうじゃなきゃ、急に用意なんてできないはずだ。食材の調達《ちょうたつ》だってあるんだから。知世さんは我々がお宅にお邪魔したとき、息子たちに今も食べ物の好き嫌いがあるのか確かめていた。それで確証を得たからこそ、兄弟が苦手なものをコースに入れることができたんだと思う」

（息子たちは好き嫌いが酷くて我儘で。お互いに違うものが苦手だから、食事の支度をするのも大変だったんです）

（斗真さん、どうか一緒に行ってやってください。息子たちだけでは埒が明かない気がするんです。主人が遺した謎を、解いてやってください）

――知世夫人の言葉を思い返す。

「……そっか。ランチの準備が整ってたのは、兄弟が暗号を解いてレストランに向かうって、知世さんが信じてたからだったんだ。だから警部に同行してほしかった。警部なら謎解きをしてくれるって、信頼してたんですね」

信号が赤になったので、車を停めた。

後ろの警部は、窓の外を眺めている。

「とにかく、知世さんはすべてを把握している。ロマネ・コンティが一本だけ交ざっていることも知っているはずだ。あとのことは知世さんに任せればいい。聡明《そうめい》な人だからな。きっとうまくやってくれるさ」

そう言ってグルメ警部は、両の口角をほんの少しだけ上げた。

4

唯一無二のバースデーディナー

十条《じゅうじょう》兄弟の遺産問題が解決してから数日後。

カエデは赤坂《あかさか》のキッチン付きレンタルスペースで、ディナーの準備を手伝っていた。今夜はここで、グルメ警部のささやかな誕生日会を開くのだ。

「さー、これで煮込み料理も完成よ。カエデさん、テーブルセットをお願いできる？」

「はい！」

調理に勤《いそ》しむ家政婦の政恵《まさえ》に指示され、クロスや生花でテーブルを飾り、皿やカトラリーを並べていく。

このレンタルスペースには食器や調理器具も完備《かんび》されているので、多少の食器と大量の食材を運び込むだけで仕度《したく》は整った。大きな冷蔵庫の中には、シャンパンのボトルやグラス、前菜やバースデーケーキが入っている。

「斗真《とうま》さんは小林《こばやし》さんが連れてくるのよね？」

「そうです。小林さんが食事に誘ってあります。ここでわたしたちが準備をしてるなんて知らないから、びっくりすると思いますよ」

警部の驚き顔を想像するだけで、口元がほころんでくる。

カエデは今日、警部から臨時《りんじ》の休みをもらっていた。政恵も有休を取ってここにいる。もちろん、警部にはどんな理由で休むのか内緒にしてあった。

「結局、プレゼントはお料理とお酒になっちゃったわねえ」

「いいと思います。それが警部にとって一番の楽しみですから」

本当は、何をプレゼントしたらいいのか散々考えた。警部はお金に不自由しない人だし、オメガの腕時計からアストンマーティン・DB5まで、高級品もたくさん持っている。「欲しいものはありますか?」と尋《たず》ねたこともあったが、返ってきた答えは「美味な謎」だった。

んなもん、プレゼントできませんよ！　と言い返しそうになったが、そこではたと思いついたことがあった。

当日のバースデーディナーを、警部の好きなイアン・フレミングの『007』をはじめ、海外ミステリー小説の主人公にちなんだ料理で構成。その料理が誰の好物なのか、当ててもらうのである。つまり、今回のディナーそのものが、美味な謎を求める警部へのプレゼントなのだ。

それだけではない。

カエデは政恵と相談して、スペシャル料理を用意してあった。

きっと口にした瞬間、それがどれほど特別な逸品《いっぴん》なのか、警部だけは気づくはずなのだ。小林は何もわからないだろうけど。

その小林から、カエデのスマホにメールが入った。

『タクシーに乗りました。もうすぐ到着します』

「政恵さん、小林さんと警部が来ます！」

「お出迎えしましょうか」

エプロン姿の政恵がキッチンから歩み寄ってくる。カエデは「じゃあ、これを」と政恵にクラッカーを手渡す。

非常にベタなのだが、警部が入ってきたらこれを鳴らして祝うのだ。

ちなみに警部の両親は、息子の誕生日など興味がないらしく、今夜も別々の用事で帰宅が遅くなるらしい。

――ノックの音がして、ドアが勢いよく開いた。

先に顔を出したのは小林だ。

「先輩、ここです！」

「こんなところに店があるのか……？」

パーン！　と勢いよくクラッカーが鳴った。

「お誕生日おめでとうございまーす！」

カエデの大声に、グルメ警部が戸惑《とまど》っている。

「斗真さん、おめでとう！」と政恵が駆け寄り、小林もカエデから受け取ったクラッカーを鳴らす。

「先輩！　ハッピーバースデー！」

警部は「これは一体……？」と黒縁メガネの奥で瞬《まばた》きをした。

「なんとサプライズでした！　今日のお店はここでーす」

おどけた様子の小林が、警部の背中を押す。

政恵がふたりのコートを預かり、コート掛けに吊るした。

「政恵さんが誕生日会を企画して、お料理を作ってくれたんですよ。まずは乾杯しましょう」

カエデが引いた椅子に、小林が警部を座らせる。

冷やしておいた四つのグラスに、政恵がピンク色のシャンパンを注ぐ。

ジェームズ・ボンドが愛飲するシャンパーニュ・メゾン、〝ボランジェ〟のロゼだ。

「今夜はあたしも飲んじゃいますよ。休暇をいただいてますから」

「政恵さん……」と警部がつぶやく。

「わたしも今日は、ひと口だけいってみます！　車じゃないんで」

「カエデ？」

目を見開く警部。まだ状況に馴染《なじ》めないようだ。

「カエデさん、いっちゃって。残りはあたしが引き受けます。実はあたし、酒豪《しゅごう》なのよ」

「お願いします。政恵さん、酒豪だなんてカッコイイ！」

調子よく会話しながら、カエデたちもテーブルに着く。

「それでは改めて。先輩、お誕生日おめでとうございます！」

小林の音頭《おんど》で、各自のグラスが微《かす》かに触れ合った。

カエデはひと口飲んだだけで、火が付いたように顔が熱くなる。

「めっちゃフルーティーですね！　これなら飲めちゃいそうな気がします」

「おい、無理はするな。下戸《げこ》なんだからやめとけ」

警部が心配そうに見ている。

「はい。あとは政恵さんに飲んでもらいますから。わたしは前菜をお出ししますね！」

瞬時に酔いが回ったのか、カエデは気分の高揚《こうよう》を抑えられなくなった。

なんか、すっごく楽しい！　身体《からだ》がフワフワしてる！

冷蔵庫から用意しておいた前菜を取り出し、落とさないように注意してテーブルに運ぶ。

「今日のお料理は、有名な海外ミステリー小説に登場するもの。主人公の好物ばかりなんです。警部、誰の好物か当ててくださいね」

政恵が用意した濃紺《のうこん》のエッグスタンドに、殻《から》が茶色い〝烏骨鶏《うこっけい》の半熟卵〟が入っていた。エッグオープナーで上部をカットし、中身をスプーンですくえるようになっている。

「卵はきっかり3分20秒茹《ゆ》でたものです。〝ベルーガ産のキャビア〟も用意しました。さあ、誰の好物でしょう？」

「カエデ、わたしをバカにしているのか？」

言葉とは裏腹に、警部は満面の笑みを浮かべている。

「イアン・フレミングの『００７／ロシアから愛をこめて』で、ジェームズ・ボンドが自宅で食べた朝食。英国版の原作によると、彼の家政婦・メイが作る卵は茹で時間が3分20秒と決まっている。そして、ベルーガは映画版『００７』シリーズでボンドが何度も食べている最高級キャビアだ」

「当たりです！」

「先輩、さすが！」

「斗真さん、昔から読書がお好きでしたもんね。特に海外ミステリー。そうそう、今夜の献立《こんだて》はカエデさんが考えてくれたんですよ」

政恵に言われて、警部がカエデを見つめる。

「半熟卵とキャビアの相性は最高だから、わざわざ用意してくれたんだな。カエデも政恵さんも仕事を休んで……。本当にありがとう」

「……いえ、いつもお世話になってますから」

冷静を装《よそお》ったが、実は飛び上がるほどうれしかった。政恵も目を細めて警部を見つめている。

「冷えたボランジェ、ベルーガに半熟卵。素晴らしい組み合わせだよ」

氷で冷やされた平たいガラスの小瓶から、黒光りするキャビアを卵に入れ、スプーンですくって口に入れる警部。カエデも同様に、キャビアと半熟卵を味わう。

「ふわぁー、たまらない美味《おい》しさですね。トロンと濃厚な黄身のソースとプルプルの白身、塩味と風味のクッキリしたベルーガのプチプチ感。これがシャンパンに合うのも納得です」

「だな。脳天まで痺《しび》れそうなウマさ。ジェームズ・ボンドっていつもこんなの食べて飲んでんだ。イギリスのスパイっていい暮らししてるんだなあ」

「……小林、００7はフィクションだ」

「ですよねー。やだな先輩、ジョークですって」

「小林さん、いまガチに聞こえましたけど……」

「カエデちゃん、オレがそんなバカに見える？　——おい、無言かよ！」

ハハと警部が楽しそうに笑う。誰もが笑顔で、カエデはますます高揚していく。

あっという間に、全員が半熟卵とキャビアを平らげてしまった。

かなりの値段だったベルーガ産のキャビアが、ひと瓶《びん》にほんの少ししか入っていないことに改めて驚く。

でも、それだけの価値はあるよね。警部の好物でもあるし。あー、もうちょっとだけ食べたかったなあ……。

カエデはキャビア入り半熟卵の美味しさを、何度も反芻《はんすう》した。

「次のお料理をお持ちしますね」

政恵が席を立ったので、カエデもサポートに向かう。

二品目は、丸茹でした〝ストーンクラブの爪〟だった。

「うわ、スッゲー爪。デカいし殻がめっちゃ硬そう」

小林が目を剝《む》いている。

各自の前に、皿からはみ出そうなくらいの巨大な爪が置かれた。

日本の蟹《かに》ではお目にかかれない太さ。全体はオレンジ色だが、ふたつに分かれた先端だけが黒い。屈強《くっきょう》な殻にはヒビが入れてあり、そこから剝けるようになっている。添えられているのは厚切りトーストと、ミニカップに入った溶かしバターだ。

「フロリダの名物・ストーンクラブ。大西洋北西部でとれる石蟹《いしがに》だ。これは……そう、小説版『ゴールドフィンガー』でボンドが食べていた料理だな。億万長者にご馳走《ちそう》されて、夢中になって食べるんだ。厚切りトーストと溶かしバター、ロゼシャンパンと一緒に」

「その通りです。ストーンクラブをお取り寄せして再現してみました」

胸を張ったカエデに、警部が白い歯を見せた。

「日本ではなかなか食べられないから、すごくうれしいよ」

「オレ、ストーンクラブなんて初めて。感激だなー」

小林は爪から目が離せないでいる。

「皆さん、手づかみで召し上がれ。殻入れとフィンガーボールも置いときますから」

「政恵さん、ありがとう。では、いただきます」

警部が巨大な爪に齧《かじ》りつく。

「ウメー！」と雄叫《おたけ》びをあげたのは、先にガブリついていた小林だ。

「めっちゃ柔らかい。蟹というよりオマール海老っぽいかな。溶かしバターにつけて食べると最高。カリッとしたトーストもウマいっす！」

「うむ。これも完璧《かんぺき》な組み合わせだ」

警部もしきりに頷《うなず》いている。

「よろこんでもらえてうれしいわ。お休みを取って仕度した甲斐《かい》がありました。ねえ、カエデさん？」

「――ほうてすね」

口一杯に頬張《ほおば》っていたので、明瞭《めいりょう》に答えられない。

甘くて瑞々《みずみず》しくて身がみっちり詰まったストーンクラブの爪。美食家のボンドが、夢中になって食べる描写があるのも納得だ。

続く三品目は、〝シュークルート・ガルニ〟だった。

シュークルートとは、ドイツ料理のザワークラウト（発酵《はっこう》キャベツ）のフランス名。ザワークラウトを塩漬け豚やソーセージ、じゃが芋などと共に煮込んだ料理で、フランス・アルザス地方の郷土料理らしい。

「シュークルート・ガルニ。アルザス料理ってことはフランスの小説か。フランスで有名なミステリー小説といえば……」

少し考えてから、警部が声を弾《はず》ませた。

「わかった、ジョルジュ・シムノンの『メグレ警視』シリーズだ。確かメグレ警視の好物が、アルザス出身のメグレ夫人の作るシュークルート・ガルニだったはずだよな」

「正解！　すごい、ここまでは全問正解です！」

感嘆《かんたん》の声をあげつつ、カエデも料理に手をつける。

発酵キャベツの酸味と塩漬け豚やソーセージのコクが絶妙に絡《から》み合う。身体も心も温めてくれそうな家庭料理だ。

隣の警部も、美味しそうに味わっている。

「――ホッとする味だ。政恵さんの煮込み料理、久しぶりに食べたよ」

「たくさん召し上がってくださいね。斗真さんのために作ったんですから」

「それなのにすんません、お代わりいいですか？」

　小林が空の皿を差し出している。

「はいはい。やっぱり若い人は食欲が旺盛《おうせい》で作り甲斐がありますね」

「……政恵さん、わたしもいいですかね？　これ、めっちゃ美味しいです」

　おずおずとカエデも便乗《びんじょう》した。

「もちろんよ。ちょっと待っててね」と政恵が小林とカエデのお代わりをよそいに行く。

「カエデの胃袋は宇宙だからな。私は、目の前で誰かが美味しそうに食べるのを見るのが好きなんだ。カエデと小林には感謝しているよ。いつも食事に付き合ってもらって」

　真摯《しんし》な警部の言葉に、思わず背筋が伸びる。

「こ、こちらこそ！」

「いつもご馳走になって恐縮《きょうしゅく》っす」

　直立したカエデと小さく敬礼した小林に、「これからも頼むな」と警部は微笑《ほほえ》み、ボランジェのシャンパンを飲み干した。

「今夜のスペシャル料理です。さあ、誰の好物か当ててくださいね」

カエデの声と共に、政恵が大きな丸いパイを運んできた。

こんがりと焼き目のついたパイの表面から、バターの香りが漂《ただよ》ってくる。

「うおー、いい匂い。オレ、パイ料理って大好きなんだ」

早速、舌なめずりをする小林。警部も好奇心で瞳を光らせている。

「はい、ここでカットしますよ。取り皿に盛りますから準備してくださいな」

カットナイフを構えた政恵の側で、小林が取り皿を手にスタンバイしている。

サクッと音がして、パイが半分にカットされた。

中からビーフシチューのような香りと共に、白い湯気が立ち上る。

「わわ、肉がたっぷり入ってる！　しかもこれ、いろんな部位が入ってるんじゃない？」

「キドニーパイだ」

はしゃぎ声をあげた小林に、警部が告げた。

「キドニーパイ？」

「正式名は〝ステーキ&キドニーパイ〟。アーサー・コナン・ドイル『シャーロック・ホームズ』の宿敵、モリアーティ教授の好物として描かれているパイ料理。アガサ・クリスティーの『ポアロ』シリーズにも登場する、イギリスの伝統料理だよ」

「警部、すぐにわかりましたね！　そう、キドニーパイです。このキドニーパイは、和牛の筋肉、モツ、レバー、それに日本ではマメと呼ばれる腎臓《じんぞう》を、玉ねぎやトマトと共に煮込んでパイ包み焼きにしたもの。キドニーは腎臓を意味するみたいですね。わたしも食べるのは初めてなんです」

カエデが説明しているあいだに、政恵が四等分したキドニーパイを各皿に取り分け、グラスに赤ワインを注ぐ。

「お酒はボランジェの〝ラ・コート・オー・ザンファン〟を用意しました。ピノ・ノワールの優良年にのみに造る貴重な赤ワイン。きっとこのパイに合うと思います。あたしも結構、ワインは飲むんですよ」

さすが久留米家に長く仕える家政婦だけに、給仕《きゅうじ》慣れしている。

「さ、召し上がってくださいな」

政恵に勧められて、小林が「いただきまーす！」とカトラリーを持つ。

グルメ警部は、なぜか目の前のパイを凝視《ぎょうし》している。

「警部、どうかしましたか?」

声をかけたカエデに、「いや、ちょっと思い出したことがあって」と、彼は小声で告げた。

——気づいたのだろうか?

カエデは政恵と目を合わせ、小さく頷いた。

◈

実は、このキドニーパイだけは、政恵が作ったものではなかった。

作り手は、グルメ警部の産みの母。カエデが渋谷《しぶや》の献血ルームで遭遇《そうぐう》した女性だ。

あのとき、彼女は『B・i・B・i』というセレクトショップのカードを落としていった。カエデはそれを政恵に見せ、「もしかして、警部の実のお母さんのお店じゃないですか?」と問いかけた。警部も通う献血ルームで会ったと告げると、政恵は「……アリスさん、昔から渋谷に通ってたからね」と、渋々ながら認めたのである。

警部の産みの母親は、柴咲《しばさき》アリスという名前だった。

「ＡＢ型のＲｈマイナスは希少だから、アリスさんは定期的に通ってたの。斗真さんの乳母をしていた頃、『大きくなったら、斗真坊ちゃまも行ってくださいね』って、何度も言ってたわ。斗真さんも『アリスが言うなら、そうするよ』って……。それで、斗真さんは今も献血を欠かさないのよ」

「そのアリスさん、最近、全然見なくなってたんです。前は警部が入ったお店でよく見かけたのに。何かあったんですか？」

カエデは思い切って、ずっと気になっていたことを尋ねてみた。

政恵は少し思案したあと、「入院してたみたいなの」と事実を打ち明けた。

「入院？　どこかお悪いんですか？」

「……急性の虫垂炎《ちゅうすいえん》、だったみたいよ」

そのとき、政恵の瞳が激しく揺れたのを、カエデは見逃さなかった。

「虫垂炎……つまり盲腸《もうちょう》？」

「そう。手術して入院してたのって、アリスさんが言ってた。でも、もうすっかりお元気みたい。しばらくお休みしてたお店にも出てるようだし。献血にも行くくらいだから、完治したんだと思うわ」

――その話、本当なのかな？　病名は本当に急性虫垂炎なの？

つい疑いそうになってしまったが、政恵の言う通り献血に来るくらいだから、今は健康なのだろうと自分を納得させた。

「そうだったんですね。ちょっと心配しちゃいました。あんまり長く見かけないようだったら、このBiBiってお店に行ってみようかな、なんて思ってたんです」

「行かないであげて。アリスさんと斗真さんのことは、そっとしておいてあげて。第三者に知られたら、アリスさんが困ってしまうから。お願い」

政恵に懇願《こんがん》され、「ですよね。わかりました」と答えた瞬間、カエデはあるアイデアを思いついた。

「政恵さん、アリスさんが久留米家にいたとき、警部のために料理を作ることってあったんですか？」

「……あったわ。斗真さん、子どもの頃は病弱だったから、栄養豊富で増血《ぞうけつ》になるからって、たまにキドニーパイを作ってあげてたわね」

「キドニーパイ？」

「牛の腎臓で作るパイよ。斗真さんがよく読んでた海外のミステリー小説に出てくる、イギリスのパイ料理。まだ小さかった斗真さんが食べてみたいって、アリスさんにリクエストしたのよ。それで、アリスさんが研究して作るようになったの。あたしも食べたことあるけど、すごく美味しかったわ」

「それですよ！」

「なにが？」

「アリスさんに作ってもらえないですかね？　警部の誕生日に」

「キドニーパイを？」

「はい。それをメニューに入れたらどうでしょう？　丁度、海外のミステリー小説にちなんだ料理を出したらどうかなって、リサーチしてたとこなんです。警部の思い出の味なら最高じゃないですか！」


それからすぐに、政恵はアリスとコンタクトを取った。

アリスは快く、キドニーパイを作ることを承諾《しょうだく》。今日の午後、政恵にパイを届けてくれたのである。

「アリスさんに、『自分が作ったことは言わないでほしい』ってお願いされたの。だから斗真さんにも内緒にしないといけないけど、アリスさん、すごくよろこんでたわ。斗真さんのためにキドニーパイを焼くのは、二十数年ぶりだって」

「よかった。パイを食べるとき、警部の写真を撮りましょう。政恵さん、その写真をアリスさんに送ってあげてください」

「いいわね。そうしましょうか」

◈

「──警部、記念に写真撮ってもいいですか？」

「あ、ああ」

しばらくパイを前に思案していたグルメ警部は、我に返ってこちらを見た。

「じゃあ、パイのお皿を手に取ってください。そうそう、そんな感じ」

「カエデちゃん。オレも一緒にお願いね」

さっきから「キドニーパイ、うめー！」を連呼《れんこ》していた小林が、フレーム内に割り込んできた。

あーもう、警部だけの写真を送ってあげたいのに。まあ、いいか。あとでトリミングしちゃえ。

「はい、撮ります。笑ってくださーい」

パシャリ、とカエデがスマホで撮った画像には、天真爛漫《てんしんらんまん》すぎる小林と、照れたような警部の笑顔が収められていた。

「OKです。邪魔《じゃま》しちゃってすみません。警部、パイを食べてください」

「そうだな。では失礼して」

警部がカトラリーでキドニーパイを切り、ゆっくりと口元へ運ぶ。

カエデの中で、その姿が幼い少年へと変化していく。

少年の向かい側には、彼と同様にブラウンの瞳を持つ、若い乳母がいる。


――ねえ、アリス。キドニーパイって知ってる？

――キドニーパイですか？　聞いたことないですね。

――小説に出てくるんだ。イギリス料理なんだって。食べてみたいなあ。

――では、わたしが調べて作って差し上げます。

――やった！　アリス、約束だからね！

――いつでも作りますよ。斗真坊ちゃまのために、何度でも――。


カエデは警部から視線を外せない。

政恵も同様に彼を見守っている。

ひと口食べた警部は、目を閉じてじっくりと味わっている。

ほどなく彼は、瞼《まぶた》を開いてどこか遠くに視線を定めた。

「──独特の味つけだな。隠し味にクミンとすり下ろしたリンゴが入っている。美《う》味《ま》いよ。……忘れたくても、忘れられない味だ」

まあ、と政恵が両手で口を覆《おお》い、そっと涙ぐむ。

「確かに激ウマですよね！」と何も知らない小林が笑う。

警部は気づいていると、カエデははっきりと悟った。

できることなら、アリスさんと逢わせてあげたい。

同じ空間で、目と目を合わせて、心置きなく話をしてほしい。

今のわたしには、こんなことしかできないけど。

でも、いつの日か、きっと──。

「最高のキドニーパイだ。料理人に感謝だな。もしレストランで出しているなら、その店を確保したいくらいだよ」

そしてグルメ警部は、満足そうに微笑んだのだった。

目次・扉デザイン——長﨑綾（next door design）
取材協力『シャトー勝沼』

本書は、書き下ろし作品です。

著者紹介
斎藤千輪（さいとう　ちわ）
東京都町田市出身。映像制作会社を経て、現在放送作家・ライター。2016年に『窓がない部屋のミス・マーシュ』で第2回角川文庫キャラクター小説大賞・優秀賞を受賞してデビュー。2020年、『だから僕は君をさらう』で第2回双葉文庫ルーキー大賞を受賞。主な著書は「ビストロ三軒亭」シリーズ、「神楽坂つきみ茶屋」シリーズ、『コレって、あやかしですよね？放送中止の怪事件』『トラットリア代官山』『グルメ警部の美食捜査』など。

PHP文芸文庫　グルメ警部の美食捜査2
謎の多すぎる高級寿司店

2022年1月20日　第1版第1刷

著者　斎藤千輪
発行者　永田貴之
発行所　株式会社PHP研究所
東京本部　〒135-8137 江東区豊洲5-6-52
第三制作部　☎03-3520-9620（編集）
普及部　☎03-3520-9630（販売）
京都本部　〒601-8411 京都市南区西九条北ノ内町11
PHP INTERFACE　https://www.php.co.jp/
組版　朝日メディアインターナショナル株式会社
印刷所　株式会社光邦
製本所　株式会社大進堂

ISBN978-4-569-90182-4

PHP文芸文庫

グルメ警部の美食捜査

斎藤千輪 著

この捜査に、このディナーって必要⁉ 聞き込み中でも張り込み中でも、おいしい料理にこだわる久留米警部の活躍を描くミステリー。

PHP文芸文庫

占い日本茶カフェ「迷い猫」

標野凪 著

全国を巡る「出張占い日本茶カフェ」。その店主のお茶を飲むと、不思議と悩み事を相談してみたくなる。心が温まる連作短編ストーリー。